ORIENTE
PRÓXIMO

EXTREMO
ORIENTE

ORIENTE
PRÓXIMO

EXTREMO
ORIENTE

CONTOS
EDUARDO ALVES DA COSTA

© FARIA E SILVA Editora, 2021

Editor
Rodrigo de Faria e Silva

Revisão
Do autor

Projeto gráfico e Diagramação
Estúdio Castellani

Dados internacionais para catalogação (CIP)

C837o
Costa, Eduardo Alves da
Oriente próximo, extremo oriente / Eduardo Alves da Costa,
– São Paulo: Faria e Silva Editora, 2021
200 p.

ISBN 978-65-89573-28-9

1. B869.3 – Contos brasileiros

FARIA E SILVA Editora
Rua Oliveira Dias, 330 | Cj. 31 | Jardim Paulista
São Paulo | SP | CEP 01433-030
contato@fariaesilva.com.br
www.fariaesilva.com.br

Para Alessandra e Francisco

OS CONVERSADORES DE T'AO-LIN 9

O FAZEDOR DE SOMBRAS 75

O HOMEM QUE REMOVEU A MONTANHA . . . 129

OS CONVERSADORES DE T'AO-LIN

Os carroções moviam-se lentamente em meio à tempestade, vincando a estrada lamacenta. Em cima de cada carroção, dois soldados revezavam-se na árdua tarefa de manter os búfalos em movimento, pois, às vezes, eles se recusavam a avançar, assustados com os raios que desabavam nas imediações e com o vento que agitava a folhagem, tão espessa naquela região, que, de quando em quando, os galhos das árvores e dos arbustos se inclinavam sobre o leito da estrada, fustigando os animais e seus condutores. De repente, um galho mais espesso atingiu a cabeça de um dos soldados do primeiro carroção e ele tombou no lamaçal, desacordado. O comboio se deteve sem que Tsech'i, o capitão, o percebesse, pois estava por demais preocupado com a tarefa que lhe fora confiada.

Ladeado por uma dezena de homens desarmados — um dos quais segurava com dificuldade o Estandarte da Trégua, que já fora arrojado ao chão pelo vento e agora, enlameado, parecia querer fugir das mãos do soldado —, Tsech'i repassava mentalmente as palavras que deveria pronunciar diante do temível general Shihk'ai, comandante do exército inimigo. Apenas uma dúvida o atormentava: seria ele executado por um dos oficiais de Shihk'ai ou morreria pelas mãos do próprio general, como punição por sua ousadia? Pensou em sua mulher e seus filhos, mas não se deixou envolver por aquela lembrança, que por um momento o retirou da estrada lamacenta e o colocou numa tarde ensolarada, às margens do rio Wei, onde, alguns anos antes, mandara construir sua casa. O filho mais novo lhe estendia os bracinhos, mas, em vez de segurá-lo, Tsech'i açoitou o cavalo, pois se dera conta de que os carroções haviam ficado para trás. Repreendeu o homem que procurava acordar o companheiro desmaiado e lhe ordenou que voltasse ao seu lugar. O comboio seguiu e ninguém se atreveu a olhar para o soldado ferido, que se confundia com a lama. Pouco depois, a tempestade amainou e uma nesga de Sol surgiu entre as nuvens.

— Temos que chegar antes do anoitecer — disse Tsech'i — para que Shihk'ai possa admirar os presentes que lhe trouxemos.

— O general ficaria mais impressionado se os visse à luz das tochas — sugeriu um dos soldados.

— Tens razão — respondeu Tsech'i, enxugando o rosto com a manga da túnica. — A meia-luz esconde os detalhes, mas ressalta o mistério, dando vida às formas inertes, iluminando uma pequena área e deixando o restante oculto pelas sombras, o que torna a cena mais impressionante. Mas infelizmente nosso comandante não se preocupa com as nuances da luz e da sombra e prefere que os inimigos recebam as dádivas que lhes envia à luz do dia, para que as vejam por inteiro, num relance, e, sob o impacto da surpresa, concordem em selar a paz sob nossos termos.

Os homens que estavam ao seu lado riram, como de costume, pois Tsech'i muitas vezes se expressava com ironia, o que, aliás, lhe causava inúmeros problemas, já que alguns de seus superiores, empenhados em sucessivas guerras de conquista, raramente apreciavam o humor. Dessa vez, no entanto, o capitão não pôde gozar daquela sensação de camaradagem, pois logo se deu conta de que o riso não fora provocado por suas palavras, e sim pela aproximação do homem que havia desmaiado e que agora chapinhava na lama, tentando subir no carroção.

Chegaram ao acampamento inimigo no final da tarde, escoltados por algumas centenas de soldados que os haviam interceptado a meio caminho. O general Shihk'ai tardou em aparecer, e quando se aproximou do comboio a tarde já estava no fim. Era um homem encorpado, de altura mediana. Montava um cavalo castanho, de aparência vulgar, e vestia uma couraça, pois acabara de voltar de uma batalha difícil, que durara o dia inteiro.

Mas não parecia cansado e se dirigiu a Tsech'i com muito boa disposição.

— Teu Estandarte da Trégua está em tão más condições que meus homens por pouco não te fizeram em pedaços — disse ele rindo.

— Tendes razão — respondeu Tsech'i, em tom respeitoso, pois sua posição não lhe permitia aceitar a familiaridade com que o general o tratava. "Esse bom humor se deve, certamente, a uma vitória no último combate", pensou, medindo as palavras. — A chuva e o vento parecem ser vossos aliados, pois se levantaram contra nós e não nos deram trégua durante a maior parte do percurso.

— Imagino que não tenha sido fácil atravessar o lodaçal com esses carroções tão pesados — prosseguiu o general, olhando para os sulcos abertos pelas rodas. — O que tens aí? Um carregamento de pedras?

O momento finalmente chegara e Tsech'i já não se sentia tão seguro. A imagem da tarde ensolarada, às margens do rio Wei, lhe voltou à mente e ele sentiu que jamais tornaria a ver a mulher e os filhos.

— Venho por ordem do meu comandante, o general Wang P'i, que vos envia suas saudações e uma infinidade de presentes, com os quais pretende vos convencer a encerrar definitivamente as hostilidades — respondeu Tsech'i, procurando controlar o tremor que se apoderara de seu corpo e que acabara por se infiltrar em sua voz, tornando-a mais aguda e semelhante à de um adolescente.

O general Shihk'ai convivera intimamente com o medo, antes de aprender a dominá-lo, e sabia reconhecê-lo onde quer que o encontrasse. Algo lhe dizia que aquele jovem capitão não era um covarde, mas alguém sensível e dotado de imaginação suficiente para permitir que, sob circunstâncias muito especiais, o medo se infiltrasse em seu coração.

— Tragam as tochas! — gritou o general, apeando-se do cavalo.

Imediatamente surgiram alguns homens empunhando tochas que iluminaram os carroções e as centenas de soldados postados ao seu redor.

— Espero que a iluminação esteja a teu gosto — disse Shihk'ai, sorrindo. — Ou preferes a meia-luz, que esconde os detalhes, mas ressalta o mistério?

"Ele sabe", pensou Tsech'i, ainda mais inseguro. "Estávamos sendo seguidos durante todo o tempo."

— É desejo de meu comandante que a entrega seja bem visível e que nenhum detalhe se perca — contestou o capitão, sentindo-se ridículo, pois o elemento surpresa se perdera.

— Mais tochas! — ordenou o general, no que foi prontamente obedecido. — Estamos praticamente à luz do dia.

A um sinal de Tsech'i, as mantas de pele foram retiradas; e quando seus soldados abriram as laterais dos carroções, milhares de cabeças começaram a rolar para o chão. Shihk'ai e seus comandados, que já conheciam a natureza do carregamento, permaneceram em silêncio, impassíveis. A única voz que se ouviu foi a do próprio Tsech'i, que deixou escapar um gemido de repugnância. Os soldados, em cima dos carroções, empurravam as cabeças para fora, com pás de madeira, e, à medida que elas rolavam umas sobre as outras, ouviam-se ruídos abafados, uma espécie de queixume. Terminada a tarefa, os soldados enxugaram o suor do rosto e ficaram à espera, com uma expressão que ia da indiferença ao medo. Shihk'ai deu alguns passos, apanhou uma das cabeças e lhe acariciou os cabelos. Depois, estreitou-a contra o peito e caminhou até sua tenda, seguido por alguns oficiais.

Tsech'i e seus homens permaneceram imóveis, à espera de que a massa de soldados caísse sobre eles e os trucidasse. Mas nenhum deles se mexeu ou expressou indignação. Cravaram as tochas na lama e se retiraram, em silêncio, sem deixar sentinelas. Tsech'i e seus homens continuaram imóveis, à espera da morte ou de que alguém lhes ordenasse o que fazer. À luz das tochas, as cabeças os espreitavam com seus olhos desmesuradamente abertos, como se o espanto de se verem ali, abandonadas, fosse maior do que a surpresa de terem sido repentinamente separadas dos corpos. No silêncio da noite, ouvia-se apenas a conversa dos grilos e das rãs; e Tsech'i sorriu ao pensar que eles certamente estariam a falar da estupidez humana.

Educado à maneira antiga, numa família de militares, o capitão aprendera a respeitar o inimigo e a lhe poupar a vida; o que estava em desacordo com a ordem vigente no Estado de Ts'in, cujos senhores — no hoje longínquo século IV a. C. — haviam deixando de encarar a guerra como a expressão do julgamento dos deuses sobre os assuntos humanos, passando a buscar apenas o extermínio do inimigo a qualquer preço. Por essa razão, o Estado de Ts'in se tornara conhecido, no resto da China, como "a região dos animais ferozes", cujo objetivo era expandir seus territórios, acumular tesouros e proporcionar luxo à casta governante. A emboscada e o crime haviam se tornado corriqueiros e o orgulho dos príncipes se sobrepunha a quaisquer considerações de ordem moral.

Alguns séculos antes, o Estado de Ts'in, que de início ocupava os vales do Wei e do Lo, começara a expandir seus territórios e se apropriara de uma região pertencente ao Estado de Leang, nascendo assim entre ambos uma animosidade crescente, que resultara numa guerra de extermínio interrompida por tréguas momentâneas, até que os exércitos se encontrarem num impasse, com mortandades de ambos os lados. Os "presentes" que Tsech'i entregara a Shihk'ai, comandante dos exércitos de Leang, representavam uma pequena parcela da crescente violência.

Pouco antes do amanhecer, Tsech'i e seus homens ainda se encontravam na mesma posição em que o general os deixara, temerosos de que um simples gesto ou palavra rompesse o delicado fio de sua existência. Alguns soldados finalmente os conduziram por uma trilha até a margem do rio Wei, onde Shihk'ai e seus oficiais os aguardavam, sentados sob uma cobertura rústica de colmo. A certa distância, dentro da noite agonizante, soava um vozerio, do qual se destacavam gritos de pavor, mas a luz das tochas era insuficiente para revelar o que se passava. Shihk'ai recebeu os inimigos com uma reverência e os convidou a sentar, oferecendo-lhes uma bebida refrescante. Com receio de que a bebida estivesse envenenada, os homens a recusaram. O general sorriu e, tomando a taça de chifre das mãos de Tsech'i, sorveu um bom trago.

— Deixei vosso caminho livre, em respeito ao Estandarte da Trégua, mas parece que o medo vos transformou em pedras — disse Shihk'ai, devolvendo a taça ao capitão. Tsech'i bebeu o que restara, lamentando que não estivesse envenenado. Não sabia a que atribuir seus sentimentos, pois assistira à execução de centenas de prisioneiros e, embora discordasse da matança indiscriminada, não se deixara afetar. Mas ao ver aquelas cabeças atiradas à lama, sentira-se corresponsável e mergulhara numa espécie de torpor que lhe amolecera o espírito.

Quando o primeiro traço de luz surgiu no horizonte, o capitão e seus homens puderam vislumbrar centenas de vultos à sua frente, parcialmente mergulhados nas águas do rio. O vozerio crescia, à medida que os gritos se tornavam mais numerosos, e Tsech'i se deu conta de que o general passara aquela madrugada a preparar sua retribuição. A fresta que separava o dia e a noite se abriu um pouco mais e eles viram prisioneiros de guerra, seus companheiros, ao longo da margem do rio, metidos na água até a cintura. Seguravam pedras de bom tamanho, amarradas ao pescoço com cordas de cânhamo. Seus tornozelos deviam estar presos a pedras submersas, para impedir que voltassem à margem. Quando um dos prisioneiros chegava à exaustão, seu rosto se contraía, num último e desesperado esforço, até que a pedra lhe escapava das mãos e o arrastava para o fundo das águas. Na margem do rio não se ouvia nenhum comentário, como se os soldados de Leang estivessem ausentes, para não dar ao inimigo sequer a oportunidade de morrer com honra. Um a um os homens de Ts'in foram desaparecendo nas águas, até restarem apenas três.

— Eu te concedo essas vidas — disse Shihk'ai ao capitão, ordenando que retirassem os prisioneiros do rio. — Conheces o ditado: "Aquele que se delicia com carnificinas assistirá ao malogro de suas ambições".

Depois de fitar o capitão por um momento, o general se levantou e ordenou a um de seus oficiais que escoltasse Tsech'i e os demais soldados até os limites do acampamento. Inclinou-se, numa reverência, e se foi, acompanhado de seus oficiais.

Quando Tsech'i relatou ao general Wang P'i o que se passara, este se mostrou apreensivo.

— As serpentes venenosas se ocultam sob as trepadeiras floridas — disse ele, por fim, sorrindo. — Espero que não tenhas acreditado na generosidade daquele velhaco!

— Ele me pareceu sincero, senhor — respondeu Tsech'i, procurando ocultar seu nervosismo. — Além de perdoar três dos nossos soldados, o general citou um provérbio: "Aquele que se delicia com carnificinas..."

— "...assistirá ao malogro de suas ambições" — completou Wang P'i. — Tolices. Tu sabes muito bem que, graças à crescente violência, mais nos aproximamos da vitória. Esse Shihk'ai é um canalha, e tem se mostrado tão implacável quanto eu.

— Antes de se retirar, olhou-me por um momento, como se desejasse me dizer mais alguma coisa, mas se deteve e me virou as costas.

— E, como és um homem sensível, certamente lhe captaste a secreta intenção!

— Creio que ele esteve a ponto de nos propor algum tipo de acordo.

— Aí está! O finório já te lançou a rede — concluiu Wang P'i, deliciando-se com o ar contristado de Tsech'i, por quem nutria afeição. — Se te deixas envolver pela emoção fácil, jamais serás um guerreiro digno da tua linhagem. O que diriam teus bravos ancestrais se te vissem capitular, não diante de um inimigo feroz, mas nas mãos de um hábil cozinheiro, que te abranda com uma cantilena e te leva à frigideira, sem que esboces um único gesto de defesa?

— O espetáculo das cabeças à luz das tochas foi aterrador, e embora os homens de Shihk'ai não manifestassem qualquer surpresa ou repugnância, ficaram todos como que paralisados — disse o capitão, procurando manter seu ponto de vista. — Nada mais natural que Shihk'ai se deixasse levar por um momento de fraqueza e pensasse em vos propor a paz.

— Tua ingenuidade é comovente — retrucou Wang P'i, irritado. — Então julgas que por um só momento me ocorreu a possibilidade de eriçar os pelos daquela velha raposa com a exibição de algumas cabeças decepadas?! Shihk'ai vive atolado em sangue desde que nasceu. O pai quase nos levou à derrota definitiva quando o menino contava apenas cinco anos. E sabes o que fazia esse teu amistoso general na sua mais tenra infância? Metia gravetos nas orelhas dos mortos, para ver se sentiam cócegas.

Passando rapidamente da irritação ao riso, Wang P'i reproduziu algumas brincadeiras do pequeno Shihk'ai, imitando-lhe o andar desajeitado, e Tsech'i chegou a pensar que seu comandante estivesse embriagado.

— Mas se vossa intenção não foi chocar o inimigo...

— Isso faz parte do jogo, meu caro. Ou acreditas mesmo nessa história de que a guerra tem como objetivo primordial expandir territórios? Nós, generais, somos tigres ferozes e necessitamos de uma boa quantidade de carne fresca todos os dias. É de nossa natureza, e a estaríamos traindo se nos saciássemos com um punhado de relva, como as ovelhas. Mas o máximo requinte consiste em comermos nossos iguais, os tigres inimigos. Nada nos dá maior prazer do que beber o sangue de outro general, depois de o termos atormentado por um bom tempo, aferroando-lhe os brios com derrotas sucessivas, desgastando-lhe os nervos com noites maldormidas, em que a expectativa da manhã seguinte lhe suavize a carne, como se estivesse metido no vinho, para que o saboreemos bem curtido. Quanto mais feroz o tigre, mais nos regozijamos com a preparação do banquete, adiando o momento em que o autor de tantas façanhas nos seja trazido numa bandeja. Mas o que estou a dizer?! Não, eu não o quero preparado por nenhum cozinheiro, pois ainda não perdi os dentes e me excita o sabor da carne crua. E desejo compartilhar contigo o prazer de devorar esse teu general Shihk'ai até a última cartilagem, até o último pedacinho de osso. Vamos devorá-lo vivo, com roupas e tudo. A menos que estejas disfarçando e sob a pele de um filhote de tigre se esconda um tímido cordeiro!

Embora tivesse emborcado uma boa quantidade de vinho, Wang P'i continuava sóbrio e procurava sondar o espírito de Tsech'i, provocando-o com aquelas afirmações absurdas, às quais se misturavam o riso e a mímica, à medida que Wang P'i descrevia como ele e o jovem capitão se deitariam à sombra para devorar o pobre Shihk'ai, que naturalmente se lamentaria enquanto estivesse sendo comido.

— O que faremos com os cabelos que restaram ao redor daquela calva ridícula? — perguntou o general, enchendo novamente a taça de Tsech'i e incitando-o a beber. Depois cuspiu, com um esgar de nojo, e concluiu: — Teremos que engolir tudo, pois se deixarmos um pelinho que seja, é bem provável que o vento o carregue e o deposite sobre terra fértil, onde deitará raízes e se transformará em árvore frondosa, de cujos galhos penderão frutos amargos, milhares de Shihk'ai, que acabarão por envenenar nossa descendência.

Sem saber o que dizer, Tsech'i permaneceu em silêncio, à espera de que o general se fartasse daquela conversa tola, sob a qual se ocultavam a preocupação e o medo. Wang P'i deixou pender a cabeça sobre o peito, resmungou algumas palavras ininteligíveis e fingiu adormecer. Na verdade, tentara quebrar o ânimo de Shihk'ai ao lhe enviar o carregamento macabro, na esperança de que o inimigo lhe propusesse uma trégua.

As matanças de ambos os lados haviam aumentado tanto nos últimos meses que os nobres já se mostravam inquietos, pois, embora o Estado de Ts'in contasse com recursos quase ilimitados, a ninguém agradava uma sangria em seus cofres, sem que se delineasse qualquer sinal de vitória definitiva sobre o Estado de Leang.

Rodeados de mulheres, gladiadores, fanfarrões e sofistas, os príncipes de Ts'in se entregavam a uma vida de luxo, festins e bebedeiras. A rivalidade entre os generais tornara-se corriqueira, e o que não podia ser decidido pelos argumentos da política acabava encontrando solução por meio de emboscadas e assassinatos à luz do dia. Assim, até mesmo um hábil general como Wang P'i, embora contasse com o apoio de muitos de seus companheiros de armas, corria o risco de desagradar aos nobres e ter a garganta cortada.

Tsech'i não se atrevia a olhar para o general enquanto este fingia dormir, pois isso poderia ser tomado como desrespeito, caso o seu superior abrisse os olhos de repente. Permaneceu impassível, fitando o chão, e seus pensamentos o levaram de volta à presença de Shihk'ai. Imaginou-se a conversar com o general sobre a conveniência de se comer a carne dos inimigos. "Depende do inimigo — disse Shihk'ai, com um riso trocista. — Eu não comeria um naco de Wang P'i, mesmo que necessitasse dele para sobreviver. Não pela carne, que me parece saborosa, mas pelo espírito, que sem dúvida me pesaria no estômago e me provocaria pesadelos."

Tsech'i estava sorrindo quando Wang P'i abriu os olhos.

— Não te perguntarei qual a razão de tua alegria, pois os teus pensamentos não se encontram sob minha autoridade, mas me agradaria saber que tu compartilhas de minhas ideias e antecipas o prazer de degustar o inimigo.

— Peço-vos que não me leveis a mal, senhor, mas não era na carne de Shihk'ai que eu tinha meus pensamentos, e sim em meus filhos, que não vejo há tanto tempo.

— Tu os terás nos braços antes do que imaginas. Enquanto eu dormitava, ocorreu-me uma ideia que certamente acabará com a carreira de Shihk'ai e nos dará a vitória. Vamos supor que estejas certo quanto à possibilidade de que ele deseje uma trégua. Eu duvido de que Shihk'ai tome a iniciativa e, se nós o fizermos, ele receberá a proposta como sinal de fraqueza. Por isso mesmo devemos dar o primeiro passo. Mas não lhe enviaremos uma comitiva, e sim um conversador.

Naquela época, os Estados em guerra costumavam contratar conversadores profissionais, hábeis sofistas, dotados de argúcia e de grande capacidade de persuasão, para convencer o exército inimigo a se render ou aceitar uma trégua. A mediação dos conversadores era ainda mais necessária quando os exércitos adversários se encontravam num impasse, sem que nenhum deles conseguisse derrotar o outro, o que poderia provocar a ruína de ambos os Estados e um morticínio incontrolável, ou, na melhor das hipóteses, o amotinamento e a deserção dos soldados, com a consequente desagregação dos exércitos. Não era esse o caso no que dizia respeito ao Estado de Ts'in, cujos recursos seriam suficientes para manter a guerra durante vários anos. Por outro lado, embora o Estado de Leang fosse menos aguerrido e a longo prazo estivesse fadado à derrota, Wang P'i não alimentava ilusões e sabia que Shihk'ai e os generais que o secundavam ainda tinham fôlego para uma longa resistência. Wang P'i sabia também que os príncipes de Ts'in não gostavam de delongas, pois, embora passassem a maior parte do tempo em festins e orgias, não ignoravam a arte da guerra, cuja essência era a rapidez. Além disso, Wang P'i conhecia Shihk'ai o suficiente para saber que não adiantava tentar dobrá-lo com argumentos. O que ele pretendia era ganhar algum tempo e esfriar os ânimos dos exércitos de Leang, para atacá-los de surpresa quando a notícia da trégua tivesse se difundindo entre os soldados inimigos, que então estariam relaxados e sonhando com a volta ao lar.

Embora não concordasse com alguns dos métodos empregados por Wang P'i, para quem o engodo constituía a base de qualquer operação militar, Tsech'i não se atreveu a externar sua opinião, mesmo porque, em meio a tantos absurdos que acompanham as guerras, aquele não faria a menor diferença.

— O problema é que os sofistas mais brilhantes já esgotaram seus argumentos, e hoje não conseguem surpreender ninguém com suas parábolas — lamentou Wang P'i. — Se enviarmos um desses idiotas a Shihk'ai, o velho manhoso o receberá com um chute no traseiro e mandará que lhe cortem a cabeça, para untar seus tambores com o sangue do infeliz.

— Os sofistas são como alimentos requintados, que agradam aos olhos e ao paladar, mas não têm substância — acrescentou Tsech'i.

— Shihk'ai é um homem rude, e certamente aprecia uma boa perna de cordeiro, na qual possa cravar os dentes sem muita cerimônia.

— Se me permitis uma sugestão, creio que deveis lhe enviar um monge taoista, um eremita, de preferência velho e desdentado, sem qualquer atrativo externo, digno de piedade aos olhos de alguém convencido de sua própria argúcia, que o poderia tomar por um tolo; alguém possuidor de uma grande energia interna, de uma sabedoria humilde e verdadeira, diante da qual até mesmo os poderosos acabam por se render, pois tal sabedoria é fruto de uma longa experiência, de um profundo convívio com o Tao. Poderíeis dispensar o ataque de surpresa e deixar tudo nas mãos do poder maior, raiz de todas as coisas.

Com um salto, Wang P'i se aproximou de Tsech'i e o abraçou tão efusivamente que o jovem capitão deixou cair um pouco de vinho de sua taça.

— Tua ideia nos abrirá o caminho para a vitória! — exclamou o general, sem ocultar sua excitação. — Quando a raposa se der conta, já estará dissolvida pela suavidade do Tao! Chegaste ao posto: a vitória sem luta, a conquista pela absorção do adversário no vazio insondável... Não sei onde foste buscar inspiração para o que disseste. Deves andar frequentando algum mosteiro às escondidas. Seja como for, o teu velhinho me parece perfeito para a ocasião. Tu o conheces?

— Não... Mas creio que não será difícil encontrá-lo, se o procurarmos no lugar certo.

— E onde está esse lugar?

— Nas montanhas de T'ai-chan ou de Chan-Tong, certamente.

— Mas ficam um pouco longe daqui, não te parece?

— Ouvi dizer que muitos taoistas preferem viver nas florestas, não porque o frio e a umidade das montanhas lhes façam mal — são imunes a esses incômodos —, mas simplesmente por um gosto pessoal, talvez porque ali encontrem alimento abundante. Parece que há vários deles na Floresta de T'ao-Lin (Floresta dos Pessegueiros).

— Ficas encarregado de encontrar o velho com aparência de idiota — disse o general, pegando a taça das mãos de Tsech'i e bebendo o que restara de vinho. — Não te demores e toma cuidado com as raposas. Dizem que na Floresta de T'ao-Lin não existe uma única raposa que não tenha sido princesa e nenhuma princesa que não seja raposa, ou por artes da feitiçaria ou por uma artimanha dos deuses. É melhor que não acredites no que teus olhos virem, ou correrás o risco de ficar enfeitiçado e perdido na floresta, com sérios prejuízos para nossos exércitos.

Wang P'i continuou a falar por algum tempo. Já não se dirigia a Tsech'i, mas a um interlocutor imaginário, que não era fruto da bebedeira, e sim da dissimulação. Tsech'i sabia que seriam necessários alguns odres de vinho para embebedar o general e aguardou que Wang P'i fingisse adormecer. O velho divertia-se com aquelas brincadeiras ingênuas, que talvez o ajudassem a relaxar das tensões a que vivia submetido. Alguns o consideravam meio maluco, outros viam nele um gênio militar, capaz de surpreender o inimigo com manobras absurdas e inesperadas.

Alguns anos antes, quando Tsech'i iniciava sua carreira, Wang P'i, em meio a uma batalha, percebera que seus soldados haviam perdido o ímpeto e se deixavam dominar pelos rigores do inverno. O general então arrancara a couraça e as roupas, continuando a cavalgar sob a neve, inteiramente nu, o que mexera com os brios de seus comandados, impelindo-os à luta com ânimo redobrado.

A taça escapou das mãos de Wang P'i e ele começou a ressonar profundamente. Por um momento, o capitão chegou a pensar que aquele rosto, capaz de demonstrar afabilidade, inteligência e humor, nada tinha a ver com o homem frio e cruel que todos haviam aprendido a temer e respeitar. Mesmo quando aparentemente indefeso, na verdade permanecia alerta, com a espada sempre ao alcance da mão, protegido por uma guarda pessoal que se ocultava nas sombras e acudiria ao seu chamado antes que alguém tivesse tempo de concluir um gesto agressivo. Tsech'i cumprimentou-o com uma reverência, pois sabia que o velho o observava através das pálpebras semicerradas, e deixou a tenda para cumprir imediatamente a missão que lhe fora confiada.

Enquanto o capitão se embrenhava na Floresta de T'ao-Lin, uma comitiva era enviada por Wang P'i ao território inimigo, para propor ao general Shihk'ai que os Estados nomeassem conversadores, um para cada lado, os quais se encontrariam em território neutro e discutiriam os termos da paz. Os diplomatas do Estado de Ts'in fizeram ver ao general Shihk'ai que todas as tentativas levadas a efeito pelas comitivas anteriores, compostas apenas por militares, haviam fracassado, razão pela qual o general Wang P'i, deixando de lado seu orgulho e considerando o impasse em que os exércitos adversários se encontravam, dizimados por morticínios intermináveis, decidira apelar para o tradicional recurso dos conversadores como derradeira tentativa de se chegar a um acordo honroso para ambas as partes, cujos termos seriam estabelecidos pelos conversadores e ratificados posteriormente pelos generais, que se encontrariam no referido terreno neutro, para sacramentar a paz e dar início às festividades com as quais procurariam os Estados apagar a memória de tão infaustos eventos, que deveriam permanecer sepultados no passado para sempre.

Embora não confiasse em Wang P'i, o general Shihk'ai se encontrava numa situação extremamente delicada, pois o mais poderoso dos príncipes que o apoiavam acabara de falecer, vítima de uma varíola incubada, o que fortalecera a posição dos que se opunham à sua atuação, desejando substituí-lo por outro general.

Todos sabiam, na verdade, que o sanguinário Estado de Ts'in engoliria o Estado de Leang, razão pela qual os príncipes deste último procuravam ganhar tempo, na esperança de serem socorridos por algum Estado vizinho. Assim, a proposta de Wang P'i foi acolhida como desígnio favorável do Céu, e Shihk'ai nem se deu ao trabalho de ocultar seu contentamento; pelo contrário, cercou os membros da comitiva de atenções, oferecendo-lhes um banquete, cumulando-os de presentes e concordando em nomear seu conversador o mais brevemente possível.

Os diplomatas ficaram convencidos de que a boa disposição de Shihk'ai se devia ao seu anseio pela paz, quando, na verdade, o general sabia muito bem que não haveria paz alguma e compreendera quais as verdadeiras intenções de Wang P'i. Fingira entregar-se à proposta do adversário, fazendo-se de fraco, na esperança de que o elemento surpresa o favorecesse e ele pudesse colocar em prática os planos do inimigo, com uma pequena diferença: agiria com maior rapidez.

Quando a comitiva partiu, Shihk'ai reuniu alguns Conselheiros e, depois de analisar todas as circunstâncias, concluiu que não poderia lançar mão de um conversador comum, uma vez que os argumentos dos sofistas já eram sobejamente conhecidos e não convenciam ninguém. Embora todos concordassem com Shihk'ai no que dizia respeito às verdadeiras intenções de Wang P'i, havia uma remota possibilidade de que este, em seu íntimo, desejasse realmente a paz. Afinal, ele também estava sujeito à vontade dos príncipes, que oscilava com o vento das conveniências mais imediatas ou ao sabor de um simples capricho. Os príncipes eram mecanismos delicados, vulneráveis, que poderiam ser avariados por uma bebedeira ou arruinados pelos sussurros de uma concubina. Uma noite insatisfatória de orgia às vezes punha em risco uma batalha longamente preparada, pois a guerra era uma atividade dispendiosa, e os generais dependiam de que a bolsa dos poderosos deixasse fluir constantemente um manancial de moedas de prata capaz de movimentar centenas de carros de combate, milhares de soldados e uma enorme quantidade de provisões. Admitindo-se a possibilidade de que os príncipes do Estado de Ts'in estivessem descontentes com suas concubinas e Wang P'i se visse forçado a propor a paz, seria necessário contratar um conversador capaz de obter vantagens sobre o adversário, pois a conversação nada mais era do que a transposição da guerra para o campo das ideias.

Após longa deliberação e uma vez eliminados todos os nomes conhecidos, um dos Conselheiros sugeriu a Shihk'ai que contratasse um monge taoista, um eremita, de preferência velho e desdentado, sem qualquer atrativo externo, digno de piedade aos olhos de alguém menos atento, que o poderia tomar por um tolo ou mendigo, mas possuidor de uma grande energia interior, de uma sabedoria humilde, mas verdadeira, diante da qual até mesmo os poderosos acabariam por se render, pois tal sabedoria é fruto de longa experiência, de um profundo convívio com o Tao, raiz de todas as coisas. Como se vê, naquela época a espionagem era eficiente e já havia quem se utilizasse de palavras alheias sem citar a fonte. O Conselheiro foi elogiado por sua brilhante ideia e o general Shihk'ai permaneceu na ignorância de que o "seu" taoista nada teria de original em relação ao conversador inimigo.

Passaram-se várias semanas até que os dois conversadores se vissem frente a frente. Tsech'i não tivera nenhuma dificuldade em encontrar o seu "velho desdentado", pois já o conhecia desde quando, ainda menino, começara a visitá-lo na floresta com o pai. O monge estava agora com cerca de 80 anos.

A Floresta de T'ao-Lin, a sudeste da confluência do rio Wei e do rio Amarelo, ocupava uma vasta extensão de terra e era povoada por tigres, leopardos brancos, panteras fulvas, ursos de cor parda, cinzenta e listrada, javalis, bois e gatos selvagens. Lien, o pai de Tsech'i, apreciava a caça ao javali, e quando as aperturas da guerra lhe deixavam algum tempo livre, embrenhava-se na mata à procura de diversão. Achava covardia atacar um javali com arco e flechas, de cima de um cavalo, e quando avistava uma vara, com dezenas de animais, rastejava pelo mato, escolhia um javali e se lançava sobre ele, empunhando uma faca. Às vezes, o combate se tornava acirrado, outros animais vinham em defesa do companheiro e não restava a Lien outra escolha senão agarrar-se aos galhos de uma árvore e permanecer lá no alto até que os javalis se cansassem e fossem tratar de seus afazeres. Lien divertia-se mais com essas fugas precipitadas do que com a morte dos animais, pois já estava farto de matanças.

Numa dessas caçadas, Lien dera, por acaso, com a choupana de P'eng, que aceitara de bom grado uma perna de javali, acompanhada de uma generosa quantidade de vinho. Essa visita se repetira ao longo dos anos, e quando Tsech'i atingira idade suficiente para fugir de um bando de javalis enfurecidos, o pai o levara em suas caçadas e à choupana do monge.

Depois da morte do pai, alguns anos antes, Tsech'i deixara de visitar P'eng. O reencontro lhes deu oportunidade de relembrar os bons momentos. Embora não lhe agradasse aquela ideia de servir como mediador num conflito entre dois Estados tão empenhados na mútua destruição, P'eng acabou por aceitar a tarefa, com a condição de permanecer em sua choupana.

Luyeh, o conversador escolhido por Shihk'ai, não opôs nenhuma resistência e concordou em descer a montanha de T'ai-chan, pois era amante da aventura e não perdia nenhuma oportunidade de conhecer novos lugares.

Ficou estabelecido que, enquanto os conversadores estivessem reunidos, os exércitos adversários permaneceriam acampados, cessando quaisquer hostilidades. E como os últimos combates se desenrolavam junto à orla da Floresta de T'ao-Lin, os exércitos de Ts'in estacionariam às margens do rio Wei e os exércitos de Leang às margens do rio Amarelo, a curtíssima distância uns dos outros.

A choupana de P'eng ficava um pouco retirada, no cimo de uma colina recoberta de árvores e cortada por um regato que formava pequenas bacias, nas quais havia abundância de peixes. Embora a região estivesse sujeita a enchentes na época das chuvas, a choupana oferecia abrigo seguro e acolhedor em todas as estações, protegida pela elevação do solo e pelas copas das árvores, que deixavam passar o frescor das águas do rio Amarelo, trazido pela brisa.

P'eng e Luyeh eram quase da mesma idade, mas este parecia menos envelhecido e gostava de exibir sua agilidade. Figura esguia e desempenada, oscilava durante o caminhar, fazendo lembrar um jovem urso irrequieto. P'eng, ao contrário, tinha uma aparência quase insignificante, e seu corpo, encurvado, movimentava-se com certa dificuldade. Para acentuar ainda mais o contraste, Luyeh sorria com todos os dentes, enquanto que P'eng era quase desdentado, com o queixo um pouco descaído e as faces encovadas, o que lhe dava um ar aparvalhado, às vezes reforçado pela baba, que se acumulava sobre o lábio inferior.

Luyeh chegou um pouco depois da aurora, escoltado pela guarda que o fora buscar no alto da montanha de T'ai-chan. Parecia estar com excelente disposição e cantarolava uma canção muito antiga, que dizia: "Abaixo das nuvens, a chuva desconhece a alegria do Sol; acima das nuvens, o Sol não vê a tristeza da chuva". P'eng escrevia um poema, no interior da choupana, e fingiu não ouvir o recém-chegado. Luyeh pigarreou, para limpar a voz, e concluiu: "Mas há dias em que o Sol e a chuva se encontram; e então o homem se dá conta de que os sapos e as rãs parecem surpresos". P'eng conhecia a música e não pode deixar de rir, ao notar que o cantor lhe modificara o final, que dizia: "... e então o homem se dá conta de que a tristeza e a alegria são duas faces da Natureza". Sem dúvida, o espanto dos sapos era bem mais interessante do que a óbvia conclusão da música original.

Um dos soldados fez soar o tambor, provocando uma revoada de pássaros, e o capitão da guarda gritou:

— Mestre P'eng! Mestre P'eng!

Como não obtivesse resposta, moveu o cavalo e bateu com o punho na porta. Tsech'i, que dormitava, abriu os olhos e levou a mão à espada, mas P'eng o tranquilizou.

— Nosso hóspede acaba de chegar e se faz anunciar com patadas na porta.

— Mestre P'eng! — gritou novamente o capitão da guarda.

— Um momento... — respondeu P'eng, com um gemido. — Estou acabando de aliviar os intestinos.

Continuou a escrever, calmamente, e quando Tsech'i fez menção de se levantar, lhe segurou o ombro e disse:

— Não te preocupes. Esse truque é infalível e eu o uso frequentemente para não ser interrompido.

— Interrompido? Aqui?!

— Tu não imaginas quantos monges habitam as redondezas... uma cambada de tagarelas! Só existem dois momentos em que a solidão de um homem é respeitada: na morte e quando ele está aliviando os intestinos.

Lá fora, os cavalos batiam com os cascos no chão e moviam as patas de um lado para outro, com impaciência. Luyeh continuou a cantarolar! "Vai um pássaro no céu, a fugir de um cheiro pestilento..." P'eng e Tsech'i abafaram o riso, pois a canção aludia ao alívio dos intestinos. "Não resta uma só árvore viva num raio de 200 *li*. Mas para os abutres há motivo de júbilo e se aproximam pressurosos farejando o banquete" — concluiu o monge.

Ou porque o poema de P'eng fosse longo, ou porque o capitão da guarda tivesse outras ordens a cumprir, novas pancadas soaram na porta. P'eng depositou o pincel no estojo e pegou uma caixa que estava sobre uma prateleira.

— Sou obrigado a lançar mão de um recurso extremo — disse, abrindo a tampa da caixa e liberando um odor insuportável. — Poema interrompido é poema perdido. Aconselho-te a sair. Dize-lhes que tenham um pouco de paciência. Não se pode apressar a natureza.

Tsech'i aceitou de bom grado a sugestão, deixando a porta entreaberta, e P'eng sorriu ao perceber que o cavalo do capitão da guarda se afastava do alpendre. Continuou a escrever, sem se incomodar com o cheiro, já que o poema o transportava a uma região distante, na qual vivera a infância.

Irritado com a espera, o oficial se entendeu com Tsech'i e lhe disse que voltaria alguns dias depois. A comitiva se retirou, com algum estardalhaço, e a colina retornou ao silêncio.

Tsech'i e Luyeh aguardaram mais algum tempo. O jovem capitão ficou logo encantado com a figura do monge. O ancião o encarou com um sorriso malicioso, e olhando para as árvores ao redor disse:

— É preciso ser um verdadeiro sábio ou ter os intestinos em péssimas condições para conseguir que se faça absoluto silêncio à nossa volta.

— Creio que se trata da primeira hipótese — respondeu o capitão, rindo — pois os intestinos de Mestre P'eng são perfeitos.

— A brisa me faz acreditar mais na segunda possibilidade. Eu diria que o teu amigo deveria consultar um curandeiro. Ou talvez fosse melhor deitar-se tranquilamente e esperar pelo coveiro.

— Não me parece tão grave.

— Deves ter os canais do nariz obstruídos. Deixa-me ver...

Não somente o que Luyeh dizia, mas a maneira como ele se expressava, o timbre da voz, a gesticulação, a expressão dos olhos, tudo contribuía para provocar no interlocutor uma ânsia de riso.

— Suponhamos que tenhas razão e que o teu amigo ainda esteja vivo — continuou Luyeh. — Poderias sugerir aos príncipes de Ts'in que o utilizassem como arma secreta.

P'eng acabou de escrever o poema e se deixou ficar em repouso por um momento. Depois, sem mover um único músculo para receber Luyeh, pediu a Tsech'i que o fizesse entrar.

— Por que me tratas dessa maneira?! — sussurrou Luyeh junto ao ouvido de Tsech'i. — Queres que ponha em risco minha saúde ou que prejudique para sempre meu olfato?

— Mestre P'eng — gemeu Tsech'i no vão da porta, esforçando-se para conter o riso. — Não vos esquecestes de fechar a caixa?

— Ah, sim... a caixa! Espera um momento.

P'eng tampou a caixa e a colocou na prateleira. Abriu a janela que dava para os fundos, acendeu um pouco de incenso e, contrariando seu primeiro impulso, foi até a porta para receber o hóspede.

— Peço-vos que me desculpeis, meu caro senhor... senhor...

— Luyeh.

— Luyeh... sim, é claro... Luyeh... como não? Assim são as coisas hoje em dia, não vos parece, meu caro senhor... senhor?

— Luyeh.

— Pois então. Não trouxestes bagagem? Quero dizer... vejo que tendes apenas uma pequena trouxa... muito pequena... não vos parece?

Tsech'i estava fascinado. P'eng era um maroto e sabia como ninguém se fazer de ingênuo, de tolo. Olhava para Luyeh com uma expressão desprovida de sentimento e deixava que a baba lhe pendesse do lábio, enquanto movia os olhos de um lado para o outro, atarantado, como se buscasse em outro lugar a inteligência que lhe faltava. Sem se abalar, Luyeh continuou a sorrir e olhou para Tsech'i com um ar de quem já havia compreendido tudo.

— Os viajantes que levam consigo mais do que o essencial não podem ir muito longe — respondeu Luyeh, agarrando a trouxa.

— Espero que o vosso essencial não esteja na trouxa... assim espero, verdadeiramente. Em todo caso, se me quiserdes dar a honra de entrar... a menos que o vosso essencial não caiba numa... quero dizer... numa choupana tão modesta.

— Não vos preocupeis com o meu essencial. Ele tem uma certa elasticidade e tanto pode ocupar o universo inteiro como caber na cárie de um dente.

— Nesse caso, devo supor que o vosso essencial tenha propensão a ocupar o universo, pois... quero dizer... assim, a um primeiro olhar, não me parece que haja uma só cárie em vossos dentes... isto é, não sei se me entendeis. Quanto a mim, são tantas as cáries e tão poucos os dentes que meu essencial nenhuma dificuldade teria em encontrar acomodação; e certamente se sentiria, como direi? Sim... num palácio repleto de salas vazias, com passos ecoando por todos os cantos, isso se o meu essencial tivesse pés. Temo que o meu essencial se tenha perdido e que nunca mais o encontre... digo-vos muito honestamente e sem exagero.

— Meu olfato, ainda há pouco, teve a felicidade de captar um perfume que a brisa vinha soprando sabe-se lá de que recônditas regiões; e tão delicada era sua natureza que eu me pergunto se a sua origem não estaria nesse vosso essencial.

A essa altura, os três homens já se encontravam no interior da choupana, que mal dava para acomodá-los com algum conforto. Havia apenas um aposento de adobe, recoberto de colmo, com uma cama, uma pequena mesa baixa, algumas prateleiras e objetos de uso cotidiano. O alpendre abrigava um fogão a lenha e a tralha de cozinha.

— Seria este o perfume a que vos referis? — perguntou P'eng, abrindo a caixa de madeira e levando-a o nariz de Luyeh, que, tomado de surpresa, não pôde evitar um retorcer nas tripas e uma náusea incontrolável.

— A privada fica atrás daqueles bambus — informou P'eng, sem perder a serenidade.

Luyeh correu na direção indicada. Ao sair respirou a plenos pulmões e sentiu um grande alívio.

— Já podeis voltar — ironizou P'eng. — Agora sabeis onde guardo meu essencial. Mas não o reveleis a ninguém, pois esta floresta anda repleta de monges invejosos. Seriam capazes de me assassinar durante a noite para furtar este pequeno tesouro.

Entrando novamente na choupana, sem se dar por vencido, Luyeh retrucou:

— Não tivesse eu tanto amor pelos peixes e pelas aves aquáticas, vos aconselharia a lançar essa caixa às águas do rio Amarelo, pois tamanha concentração de essência põe em risco não só a vossa preciosa vida como a de todos os seres que se encontram nas imediações.

Num acesso de riso, P'eng e Luyeh se abraçaram, felizes por encontrar alguém de sua estirpe. Tsech'i deixou-se levar pela mesma alegria e encheu três canecas de barro com o vinho que trouxera no dia anterior. Apesar de não conhecer profundamente o taoísmo, percebera, de imediato, que aquele diálogo a propósito do essencial era um disparate, simples jogo de palavras, porque o Tao se identifica com o vazio, o não ser. Não há nenhuma essência no homem que possa ser diminuída ou ampliada, nada que possa ser identificado ou que ocupe um espaço. Dizer que o essencial de alguém cabia numa trouxa, na cárie de um dente, numa choupana, num monte de fezes, ou que abarcava o universo inteiro, não fazia sentido, já que o essencial não se encontra em parte alguma.

Depois de beber um cântaro de vinho, os três homens já conversavam animadamente e P'eng se sentiu recompensado por não ter que se entregar a discussões intermináveis sobre o conflito entre os Estados. O adversário era um homem cordato, um verdadeiro taoísta, cuja experiência de vida deveria ser quase semelhante à sua. Luyeh, por outro lado, ficara encantado ao constatar que P'eng era um seguidor do Tao e não um sofista, ou, o que seria pior, um daqueles legalistas que insistiam na importância da lei abstrata, numa norma geral a ser aplicada sem distinção de pessoa ou posição social, como se todos os seres humanos fossem iguais! E com que finalidade entoavam aqueles simplórios a cantilena legalista, a não ser a de subordinar toda a sociedade e os Estados vizinhos à autoridade dos príncipes de Ts'in?! Luyeh chegava a sentir saudade dos confucianos, com seus ridículos postulados morais e suas regras de comportamento. Na verdade, tanto uns quanto os outros ignoravam que a necessidade de regras e leis surge quando se abandona a Lei Eterna, o Repouso, o Esclarecimento.

Em meio à conversação que se seguiu ao longo da ensolarada manhã, os monges acabaram por desembocar numa descoberta que alteraria o rumo daquele encontro, tornando o conflito entre os Estados um detalhe, uma rusga de crianças, que perdia sua importância diante de fatos bem mais significativos.

— Não me digas que tu sabes preparar uma tartaruga recheada com carne de porco! — exclamou P'eng, lambendo os beiços, com um trejeito que fazia lembrar um cão faminto. — É o meu prato predileto.

— E o meu também — disse Luyeh, com um brilho culinário no olhar. — Meu irmão mais velho e eu acabamos com todas as tartarugas e todos os porcos do mato num raio de vinte *li* ao redor de nossa casa.

— Há muitos anos não saboreio essa iguaria — gemeu P'eng, olhando para Tsech'i com aquele ar atoleimado que servia de camuflagem à sua argúcia e cuja tradução significava algo como: "Que tuas tripas se regozijem, pois já prendemos no laço o ingênuo que vai nos preparar uma tartaruga recheada para o jantar". — Infelizmente, embora possa me considerar um cozinheiro razoável, jamais consegui entender o processo de cozimento desse prato sofisticado, cuja complexidade está acima de meus parcos recursos de inteligência e habilidade. A carne de porco acaba por se desprender do couro ou empolar e jamais acerto no molho.

— O segredo está em perfurar o couro para que não se desprenda da carne e não empole. Deves primeiro cozinhar a carne com o couro, ligeiramente, retirá-la da panela e passá-la na água fria, secando-a logo a seguir. Depois, fazes uns cortes superficiais na parte magra e salpicas a carne com sal de cinco perfumes. Cuidado nesse ponto: não deves salgar o couro.

— Não?!

— Tens que jogar água fervendo sobre o couro e untá-lo com molho agridoce, colocar a carne no forno, pelo tempo que dura um cochilo, retirá-la, perfurar o couro, como te disse, e metê-la novamente no forno, até que se torne avermelhada.

— Para, eu te suplico, meu bom Luyeh, pois já tenho a boca inundada de saliva, e tuas palavras, de início estimulantes e benfazejas, atordoam-me os sentidos e me fazem mergulhar nas brumas da impossibilidade. Por um instante, acalentei a ideia de que pudéssemos terminar a noite com essa dádiva celeste, uma boa cantoria, declamação de poemas e um passeio refrescante às margens do rio, mas agora me dou conta de que não temos tartaruga nem porco do mato; e muito menos o molho de ostras, o óleo de sésamo, a essência de gengibre, o vinho amarelo, a fécula seca e não sei quantos outros ingredientes que se fazem necessários e que a memória já não guarda.

— Não vos preocupeis com esse detalhe, Mestre P'eng — disse Tsech'i, terminando de enxugar a caneca de vinho. — As despensas dos generais são pródigas e, antes que o Sol comece a declinar, esses ingredientes estarão à disposição de vosso hóspede, caso ele nos conceda o privilégio de saborear uma iguaria preparada por suas mãos.

— Se te incluis no banquete, vamos necessitar de duas tartarugas! — exclamou P'eng.

— Espero que me perdoeis a intrusão, mas não poderia perder esta noitada.

Tsech'i incumbiu o mensageiro que permanecia à sua disposição de buscar os ingredientes, e no fim da tarde os dois velhos taoistas já estavam ao pé do forno de barro, observados pelo jovem capitão, que se encarregara das tartarugas e do javali.

Graças à habilidade dos cozinheiros e ao frescor da noite, o jantar não tardou a ficar pronto, e os comensais tiveram tempo de sobra para gozar dos prazeres da mesa e de outras emoções ainda mais requintadas. Quando o sono já começava a amadurecer em suas pálpebras, fizeram outra descoberta que os manteria acordados até o amanhecer.

— Tu disseste Haisheng?! — exclamou P'eng. — Eu conheci um Haisheng na adolescência. Havia sido barqueiro numa região distante, antes de se mudar com a família para nossa aldeia. Era um homem triste, só se animava ao contar suas aventuras no mar. Sentia-se deslocado em Si-ngan e jamais se interessou em navegar nas águas do rio Wei. Sua mulher teve onze filhos, e um deles, Chia, se tornou meu amigo inseparável...

À medida que P'eng falava, os olhos de Luyeh se enchiam de lágrimas. A princípio, o anfitrião julgou que seu hóspede estivesse se deixando levar pela emoção, por ter bebido em excesso, mas logo se deu conta de que se tratava de algo mais sério, pois o corpo de Luyeh começou a tremer e ele se entregou a um pranto convulsivo.

— O barqueiro era meu pai — balbuciou, abraçando P'eng.

— Não posso crer! — gritou P'eng rindo. — Tu és o meu querido Chia?!

— Sim...

— O gordinho desajeitado, que vivia tropeçando nos próprios pés?!

— Ele mesmo.

O riso de P'eng subiu as encostas do paroxismo, forçou a barreira do decoro e se rachou em dois: enquanto seu lado maduro procurava considerar a situação divertida e absurda, o menino que ainda vivia nele não suportou o peso das emoções e ruiu, levantando um estrondo de gritos e soluços.

— Chia! Chia! — dizia ele, acariciando o rosto e os cabelos do amigo, beijando-lhe as faces, estreitando-o contra o peito e afastando-o novamente, para examiná-lo. — Mas não te pareces nada com ele! Estás magro, tens a barba toda branca e teus olhos se tornaram mais intensos, observadores. Eras tão distraído... Este é o meu amigo Chia! — gritava ele, para Tsech'i. — O meu irmãozinho querido, que eu julgava morto há muito tempo!

— Disseram-me que tu havias sido devorado por um tigre! — gemeu Luyeh, desatando novamente o cordão das lágrimas.

Inúmeros dias voltaram as costas ao presente, sem que os generais recebessem qualquer notícia relevante sobre a conversação. Os exércitos de ambos os Estados continuavam acantonados e os soldados começavam a denotar um certo relaxamento, como se a guerra estivesse prestes a terminar. Os oficiais tentavam manter a disciplina, ordenando a seus comandados que permanecessem em atitude de sobreaviso, mas nem mesmo as ameaças podiam impedir que muitos deles dessem uma escapada para visitar suas famílias nas aldeias mais próximas.

A primeira consequência da inatividade fora o alongamento dos dias, como se o Sol, contagiado pelo espírito reinante nos acampamentos, caminhasse mais lentamente, deixando atrás de si um calor sufocante. Havia ordens estritas para que os soldados permanecessem vestidos com suas couraças, mas bastava que os oficiais relaxassem a vigilância para que os rios se enchessem com uma multidão de afoitos, cuja única ocupação consistia em gozar o frescor das águas.

Os mensageiros não sabiam dizer com precisão o que estava acontecendo na choupana, pois, de acordo com as negociações estabelecidas, só podiam se aproximar quando chamados pelos conversadores, para que estes não tivessem sua atenção desviada de temas tão complexos.

Era de supor que os conversadores estivessem empenhados numa verdadeira guerra verbal, numa argumentação tão sutil e intrincada que uma interrupção abrupta poderia deitar tudo a perder. E, de fato, nas poucas vezes em que os mensageiros haviam logrado observar os monges à distância, estes pareciam mergulhados numa conversa interminável, à qual não faltavam gestos, gritos, risos e até abraços, que à primeira vista, nada tinham de amistosos e certamente não passariam de artimanhas com as quais os adversários tentavam ganhar terreno para se ludibriar mutuamente.

Quanto a Tsech'i, procurava manter-se fora das vistas dos mensageiros do exército inimigo, pois se este soubesse de sua presença junto aos monges faria valer o direito de enviar seu próprio oficial, o que modificaria o rumo da conversação, cujo teor, naquele preciso momento, dizia respeito à pesca com vara em lagos, rios e corredeiras.

Aos generais interessava aquela trégua. Não só os soldados tinham a oportunidade de repor suas energias, como os príncipes e nobres poderiam se dedicar com mais intensidade às suas orgias, sem a preocupação adicional da guerra. Além disso, a trégua resultava em grande economia para ambos os lados e dava aos generais o tempo necessário ao amadurecimento de seus planos e à reorganização do campo de batalha, que, frequentemente, beirava o caos, com a quebra do método e da disciplina. Os corpos dos exércitos começavam a se dissolver; as subdivisões já não eram nítidas, a relação entre soldados e oficiais tornava-se promíscua, pois a excessiva intimidade acabava por gerar o desrespeito; as estradas ficavam intransitáveis por falta de manutenção; os suprimentos não chegavam no prazo previsto e os gastos fugiam do controle; o povo oscilava entre o pânico e a revolta; já não havia noite sem dia, frio ou calor; confundiam-se as estações; perdia-se a noção do tempo, e, portanto, do ritmo; embaralhavam-se as distâncias, a percepção entre o próximo e o remoto; anulavam-se os acidentes geográficos, não sendo mais possível distinguir a planície da montanha, o campo aberto do desfiladeiro; perdia-se a confiança nas qualidades do chefe e nas razões do próprio Estado; e, submersos na matança e no caos, os homens não mais sabiam discernir quais as ações que os levariam à vitória ou à morte.

Enquanto os generais aproveitavam a trégua para aprimorar a guerra, os conversadores se desincumbiam de sua tarefa rememorando suas próprias vidas. E havia muito a lembrar, pois inúmeras décadas haviam transcorrido após a separação dos jovens amigos.

O pai de Luyeh enlouquecera e a família se dispersara, pois a mãe não tivera condições de cuidar de todos os filhos. Os mais velhos haviam sido enviados a aldeias distantes, para a casa de parentes, e Luyeh permanecera ao lado da mãe, lutando pelo sustento dos irmãos mais novos. Ao morrer a mãe, ele já não tinha idade nem disposição para constituir sua própria família. Cansado da agitação em que vivera durante anos, decidira tornar-se eremita e buscar o isolamento das montanhas de T'ai-chan, onde, após um período de solidão, acabara por se juntar a outros monges, para construir um pequeno eremitério, onde a comitiva de Shihk'ai o fora buscar.

Pouco antes de terem início os infortúnios de Luyeh, a família de P'eng mudara-se para Han-Tchong, às margens do rio Han, onde um tio de P'eng havia se estabelecido para negociar com madeiras extraídas dos bosques ao sul do rio Wei. Deslocamentos como esse eram frequentes, numa época assolada por guerras e catástrofes naturais.

P'eng tivera uma adolescência tranquila, e ao se tornar adulto escolhera a profissão de lenhador, que lhe possibilitava deixar o lar por longos períodos, a serviço do tio, e viver a maior parte do tempo em contato com a natureza. Casara-se, tivera cinco filhos, dos quais dois haviam sido vitimados pela febre, e, por volta dos 40 anos, começara a perder o interesse pelos assuntos cotidianos, mergulhando na apatia. Abandonado pela mulher, que fugira com um tecelão, P'eng despedira-se dos filhos, já encaminhados, e se embrenhara na Floresta de T'ao-Lin.

Enquanto rememoravam tais acontecimentos, os dois amigos, acompanhados por Tsech'i, saíam a passear pelos arredores, ludibriando os mensageiros, o que não lhes custava grande esforço, pois estes eram homens simples e estavam mais interessados em seus próprios assuntos do que na solução de problemas de Estado.

Um dia, enquanto pescavam no remanso formado por um pequeno afluente do rio Wei, Luyeh deixou escapar um suspiro de desânimo.

— Queres buscar outro lugar? — perguntou P'eng, ao notar o aborrecimento do amigo. — Talvez encontremos peixes maiores à sombra daquelas árvores.

— Não são os peixes que me preocupam — gemeu Luyeh. — Para dizer a verdade, não estou sequer preocupado, mas acaba de me ocorrer que já se passou algum tempo desde que os generais receberam notícias nossas e ainda não decidimos o que lhes dizer.

— Um mensageiro me contou que os soldados de ambos os lados se encontram às escondidas, para trocar gêneros e saber novidades sobre suas famílias — disse Tsech'i, rindo. — Podeis imaginar o que se passa na cabeça dos generais ao ver que seus comandados, em vez de cuidar do armamento e treinar, estão ocupados em trocar pepinos, melões, odres de vinho, carpas, javalis... O convívio entre os adversários é tão intenso que a região neutra mais parece uma feira. Dizem até que o acasalamento entre jovens "inimigos" se tornou frequente, e que os campos, regados por fluidos tão abundantes, produzirão colheitas jamais vistas, em qualidade e fartura, que, no entanto, serão insuficientes para alimentar os filhos nascidos dessa confraternização desenfreada.

— Nem pareces um militar — ironizou P'eng. — Devias te preocupar com o relaxamento da disciplina, antes que os generais decidam cortar a cabeça de algumas centenas de insubordinados. Acabarás expulso do exército e só te restará a fuga, a caminho do eremitério.

— Vocação não te falta — acrescentou Luyeh. — Gostas de nadar, pescar, sentir o perfume dos damasqueiros e das cerejeiras, vadiar na floresta, à procura de cascatas, deitar de costas na relva, para gozar a visão da Lua e das estrelas, ouvir o canto do cuco ao entardecer, beber um cântaro de vinho, comer, cantar, dormir... tudo, enfim, que forma o caráter de um homem de bom senso.

Riram-se tanto que P'eng deixou escapar um enorme peixe que mordera a isca, e, no afã de agarrá-lo, acabou caindo na água, para divertimento dos companheiros. P'eng se pôs a gritar e a gesticular, mas Luyeh e Tsech'i só deram pela presença do enorme urso-pardo quando este já estava a alguns passos de distância. Trataram de fazer companhia a P'eng e os três se afastaram, nadando ao longo da margem e contornando um pequeno bosque de amoreiras tintoriais.

Quando saíram da água, Tsech'i parecia exausto e os dois velhos desataram a rir e a zombar do preparo físico dos militares. Na fuga, haviam deixado para trás uma cesta de frutas, mas não se preocuparam com esse detalhe, pois o que não faltava na floresta eram alimentos, e P'eng sabia onde encontrá-los.

E assim se passou mais algum tempo, sem que se decidissem a enviar sua mensagem aos generais. Na verdade, estavam arrependidos de terem se metido num assunto que não lhes dizia respeito, pois agora se encontravam numa situação delicada. Teriam que desagradar a uma das partes, ou, talvez, a ambas.

— Tu nos colocaste nas garras do tigre — disse P'eng a Tsech'i, num fim de tarde, quando retornavam de uma caçada. — Espero que saibas como nos tirar dessa enrascada.

— Graças a Tsech'i, pudemos nos reencontrar e desfrutar de tantos momentos agradáveis — lembrou Luyeh. — Mas não há dúvida de que estamos a descer um rio caudaloso e já ouvimos ao longe o trovejar da cachoeira.

— Tenho pensado nisso — contestou Tsech'i. — Algo nessa história me preocupa. Meus informantes dizem que os acampamentos andam na maior desordem. Os soldados já não cumprem ordens, bebem desbragadamente, raptam mulheres nas aldeias e promovem orgias.

— E os generais olham para outro lado, como se tivessem cera nos ouvidos — conclui P'eng. — Devem estar preparando alguma surpresa.

— Tu crês que somos responsáveis por essa calamidade?! — exclamou Luyeh, preocupado.

— Nós?! — gritou P'eng, com uma gargalhada. — Acaso precisam de nossa ajuda para agir como patetas? Quando não estão bebendo ou fornicando, esses animais gastam o tempo a tingir os rios de vermelho e não lhes ocorre que talvez haja atividades mais úteis do que virar as tripas de outros seres humanos pelo avesso!

— Mas, se chegarmos a uma conclusão, talvez retornem aos lares e ao seu trabalho — disse Luyeh.

— Para mim, como ponderou Mestre P'eng, os generais andam tramando algo e se valem da trégua e da desordem para ludibriar o inimigo — acrescentou Tsech'i. — Tanto Wang P'i quanto Shihk'ai não são homens de admitir desordens, a menos que as provoquem de caso pensado. Resta saber qual dos dois é mais astuto.

— De qualquer maneira, acho bom que nos desembaracemos logo do compromisso assumido e usemos o pouco que nos resta de inteligência para sumir nos meandros da floresta, antes que se lembrem de nos agradecer — concluiu P'eng.

— A floresta já não é segura — contestou Luyeh — Sugiro que tomemos o rumo das montanhas, onde jamais nos encontrarão. Estou ansioso por retribuir tua hospitalidade. E muito me alegraria se o jovem Tsech'i nos acompanhasse, pois temo por sua segurança.

— Não vos preocupeis — respondeu o oficial. — Estou sob a proteção de Wang P'i, cujos exércitos são mais poderosos.

— Mas quem te garante que nossas conclusões serão favoráveis a Wang P'i?! —exclamou Luyeh. — Como poderemos apoiar as ações de um homem tão sanguinário?

— Para que inquietar nossos corações com ninharias? — ironizou P'eng. — O máximo que nos poderá acontecer é morrer nas mãos dos torturadores, uma oportunidade de testarmos nossa "percepção direta" antes de retornarmos à Fonte.

— Peço-te que guardes tua filosofia taoista — contestou Luyeh. — Venho tomando a pílula da imortalidade e pretendo gozar minha juventude por muitos anos.

— Falas sério?! — exclamou P'eng, fingindo-se interessado. — Eu já me daria por satisfeito se me nascesse uma terceira dentição.

Ficaram a dizer tolices para aguçar o espírito, até que Luyeh, com um bocejo, revelou ter encontrado a solução.

Dois dias depois, ao amanhecer, Wang P'i e Shihk'ai chegaram à choupana, acompanhados de suas respectivas escoltas. Um oficial bateu na porta com o punho, o que teria sido dispensável, já que as centenas de cavalos faziam barulho suficiente para acordar a floresta inteira.

— Um momento! — gemeu P'eng, abrindo a caixa de madeira, para liberar a fedentina. — Estou acabando de aliviar os intestinos.

Alguns soldados riram, os oficiais ordenaram que se calassem e todos lamentaram não ter chegado mais tarde.

— Não me levem a mal... — continuou P'eng, a gemer, provocando em Luyeh e Tsech'i um ataque de riso, que eles a custo sufocavam. — A natureza tem seus momentos e não podemos contrariá-la. Está acima do poder e da hierarquia.

Os cavalos pareciam mais impacientes que os generais, movendo-se à direita e à esquerda, empurrando-se para abrir espaço, escoiceando e soltando angustiados relinchos. O oficial esmurrou novamente a porta e gritou:

— Termina logo com isso ou te enforcaremos em teus próprios intestinos!

Shihk'ai fez um sinal para que o oficial se calasse; e o cheiro se tornou ainda mais insuportável, pois o monge, como resposta, aproximou a caixa da porta, na qual havia algumas frestas.

— Acaso poderia eu apressar a natureza se nem mesmo os príncipes conseguem fazê-lo?! — gemeu P'eng, fechando e guardando a caixa. — Mas não vos inquieteis... parece que vossa espera chega ao fim.

Luyeh mal se podia conter, e só não deixara escapar uma gargalhada porque não lhe agradava a ideia de ser enforcado com os próprios intestinos. Tsech'i mergulhou a cabeça numa tina d'água, para sufocar o riso, e o líquido borbulhou, com um ruído semelhante ao gemido de um urso submerso. P'eng permanecia impassível. Depois de meter as mãos na tina, enxugou-as com um trapo, enquanto abria a porta, para causar boa impressão com o ato de higiene. Inclinou-se diante dos generais e sorriu com humildade.

— Lamento sinceramente o ocorrido, mas, na verdade, não o lamento, porque em tudo somos governados pelo Tao, e quem sou eu para criticar a raiz de todas as coisas? Espero que esta modesta choupana seja suficiente para vos acolher, e neste ponto desejo ser específico, se me permitis, esclarecendo que me refiro apenas a vós, generais, visto que o pequeno espaço não poderia conter o infinito número de guerreiros e suas respectivas montarias, razão pela qual vos sugiro, respeitosamente, que os mantenhais a uma distância conveniente, de onde vos poderão guardar e servir, a menos que estejais dispostos a conversar em meio ao alarido provocado por gentes e animais, dos quais os últimos são, em general, os mais discretos e silenciosos. E, como temos um longo caminho pela frente — arrazoados e contra-arrazoados, observações e refutações, ponderações e imponderáveis, reivindicações, imprecações, denúncias e queixas, ameaças, zombarias, amenidades, dissimulações e mazelas, mecanismos, rotações, tertúlias, circunvoluções, escaldaduras, composições, especulações, cantilenas, injunções, redundâncias, guisados e querelas, surtidas e pantomimas, rebuços, falcatruas, fanfarronices, falácias, mixórdias, bagatelas, probabilidades, generalidades, trivialidades, igualações, encardimentos, churrasqueadas, arguições, carpimentos, imperiosidades, excitações e coreografias —, antes que cheguemos a bom termo, necessário se faz um ambiente tranquilo, propício ao relaxamento, no qual possamos nos delongar sem premências, de maneira que o emaranhado de circunstâncias se desate por si mesmo, em natural deliquescência. Sede bem-vindos.

Embora fossem hábeis na condução de seus negócios estratégicos e logísticos, os generais não tinham intimidade com o arranjo das palavras e conseguiram captar apenas uma pequena parcela daquele discurso.

— Estamos bem servidos — resmungou Wang P'i, ordenando a Tsech'i que se aproximasse e curvando-se sobre a sela para lhe falar ao ouvido:

— É este o maluco que nos representa na negociação?

— Sim... — respondeu Tsech'i, com um sorriso.

— Estás rindo de quê? Repara só na cara de Shihk'ai. Já se deu conta de que montados nesse pangaré não iremos muito longe. Podes me explicar o que ele quis dizer com essa lenga-lenga?

— Que o caso ainda não foi resolvido e que vós deveis participar das negociações.

Wang P'i endireitou-se na sela, fitou P'eng no fundo dos olhos, como se deve proceder com os malucos, e lhe disse pausadamente:

— Apreciei teu discurso, no que ele contém de sabedoria, embora a forma me pareça um pouco rebuscada. Tanto eu quanto meu honorável adversário, o temível general Shihk'ai, autor de memoráveis façanhas, somos homens objetivos, acostumados a farejar e perseguir a realidade, pois fora dela nos sentimos perdidos. E, embora não esteja com isso querendo dizer que o rebuscamento não faça parte da realidade, creio que a linguagem simples e direta se preste mais ao nosso objetivo, pois, se começarmos com rodeios e floreios, em vez da realidade, teremos, no final, uma cebola, formada por uma infinidade de palavras sobrepostas.

— Não me leveis a mal, respeitabilíssimo e digníssimo general Wang P'i — disse Shihk'ai, aprumando-se na sela, como fazem os guerreiros quando querem se mostrar à vontade diante do inimigo —, mas vossa fala também me pareceu um tanto rebuscada. Para sermos objetivos, devemos apenas saber se os conversadores se desincumbiram da tarefa, como era de sua obrigação, e, nesse caso, nós os ouviremos, ou se depois de tanto tempo ainda não chegaram a uma solução, merecendo, então, que os matemos imediatamente.

— Isso é o que sabeis fazer e nada vos custará — respondeu P'eng, sem perder a serenidade. — Mas aqui se trata da paz, assunto do qual, com todo respeito, pouco sabeis. A bem da verdade, ainda não temos as flores, mas já plantamos as sementes. A paz não é algo que se obtenha por encomenda, e sim uma conquista de todos. Pode vos parecer que estivemos a conversar em vão, mas o que seria do Sol se, a cada manhã, a aurora não se dispusesse a lhe preparar o caminho? Como poderiam as árvores frutificar, se as flores se negassem a abrir suas pétalas na primavera? Teriam os pescadores a oportunidade de colher os camarões em suas redes sem que antes o artesão as tivesse urdido? Quem levaria o javali ao fogo se a lança, a flecha, a adaga...

— Pois é disso que se trata — interrompeu Shihk'ai. — Desejamos saber se vós ambos desempenhastes bem o papel da aurora, das flores, do artesão e dos demais itens que compõem o teu discurso.

— Vejo que adentramos o terreno da controvérsia — retrucou P'eng —, e antes de vos esclarecer esta e outras dúvidas, vos sugiro que entremos em nossa modesta choupana, deixando de fora guerreiros e montarias, que se sentirão melhor à beira daquele regato.

Embora contrariado, Shihk'ai trocou um olhar com Wang P'i e ambos ordenaram a seus oficiais que conduzissem os homens até o lugar sugerido. A um gesto de Wang P'i, Tsech'i entregou suas armas ao comandante da escolta de Shihk'ai e este se inclinou em sinal de agradecimento. Wang P'i lhe perguntou se desejava que um de seus oficiais permanecesse na choupana, para contrabalançar a presença de Tsech'i, mas o general abriu mão desse direito, dando a entender que a presença do capitão lhe era indiferente.

Entraram na choupana, com exceção de P'eng, que se deteve na soleira, à espera de que os hóspedes se acomodassem. A situação era constrangedora, pois os generais e Tsech'i vestiam couraças e mal conseguiam dobrar as pernas para se sentar no chão, ao redor da mesa. Os generais ficaram um pouco atarantados, movendo-se de um lado para o outro, buscando uma posição mais confortável, mas não era fácil estabelecer um acordo entre seus corpos atarracados e o exíguo espaço disponível. Tsech'i não teria nenhuma dificuldade em se acomodar, mas, por respeito, permaneceu em pé, desviando os olhos da cena, para conter o riso. Por um momento, os generais pareceram dançar ao redor da mesa, baixando e levantando o corpo a cada tentativa, até que P'eng sugeriu que se livrassem das couraças, uma proteção pesada e agora inútil.

Embora estivessem num território neutro, sob os estandartes da trégua, os generais hesitaram em despir as couraças, pois havia entre eles uma desconfiança natural e sua guarda se encontrava a certa distância, o que, em si, constituía uma temeridade. Contudo, os planos secretos de ambos exigiam que se mostrassem confiantes e descontraídos, com seus espíritos desarmados, ansiosos por acabar com as hostilidades.

Wang P'i tomou a iniciativa e depois de um complicado desatar de nós e presilhas, os três oficiais puderam finalmente se sentar no chão, tão próximos um do outro que seus joelhos se tocavam. Os generais mal conseguiam disfarçar seu constrangimento, por estarem lado a lado, e P'eng remediou a situação sugerindo-lhes que se pusessem frente a frente, a fim de facilitar a conversação. Wang P'i se moveu, arrastando o traseiro no chão e P'eng pediu a Luyeh que se colocasse entre os generais, sentando-se ele próprio no lado oposto a Luyeh e indicando ao capitão o espaço que restara à direita de Wang P'i.

— A acomodação das situações confusas — disse P'eng, com um sorriso — começa de maneira confusa. Os elementos se movem em todas as direções, sem controle, mas, se atentarmos para o caos, veremos que nele se ocultam os primeiros indícios da ordem.

Ainda que livres das couraças, os generais permaneciam em atitude marcial, com a coluna ereta e a cabeça plantada sobre os ombros.

— Agora há pouco — prosseguiu P'eng, dirigindo-se a Shihk'ai —, dissestes que se Luyeh e eu não tivéssemos chegado a uma solução, mereceríamos ser mortos imediatamente.

— Talvez não vos agrade a ideia, mas essa é minha opinião. Sou homem de poucos rodeios.

— Vejo que estais repleto de energia Yang e sugiro que vos manifesteis com mais firmeza ainda, a fim de vos livrardes do rancor.

— O Estado de Ts'in deu início às hostilidades, que se arrastam há dezenas de anos. Estamos fartos dessa carnificina e minha paciência se esgotou. Esperamos vários meses por uma solução e tudo o que temos são palavras vazias sobre a acomodação das situações confusas e os primeiros indícios da ordem ocultos no caos. Não vejo indício nenhum.

— Despir as couraças foi um gesto importante, que abriu um vazio em meio às nuvens densas da chuva. E quando o Sol se insinua, o camponês sabe que...

— Não nos livramos das couraças por uma decisão favorável à paz, mas porque não cabíamos em tua choupana.

— Que importa ao faminto se o alimento lhe chega por este ou aquele motivo? — ponderou Luyeh.

— Finalmente disseste alguma coisa! — ironizou Shihk'ai. — Cheguei a pensar que nosso conversador fosse mudo. Não vejo por aqui nenhum faminto. Embora desejemos a paz, não nos lançaremos ao primeiro osso que nos for atirado.

— Aí está vosso erro! — exclamou P'eng, com entusiasmo, do qual fingiu se arrepender, retomando a postura humilde.

— No ponto em que vos encontrais, a paz não pode chegar como um banquete. É necessário que ambos os Estados anseiem por ela com o apetite de um faminto que se atira ao primeiro osso, ainda que insignificante.

— Não posso aceitar teu ponto de vista — replicou Shihk'ai.

— Peço-vos que não vos irriteis com nossos queridos monges, cuja maneira de pensar nos parece tão estranha — disse Wang P'i. — Nós, generais, temos outra visão do mundo. A guerra é a água fresca em que nadamos e só buscamos a paz, por meio de um acordo, porque a isso nos obrigam os príncipes, cujos corações delicados se inquietam com a demora em atingir rapidamente os resultados.

— Vossas palavras exprimem com toda a precisão meu pensamento — acedeu Shihk'ai. — A imagem de um faminto que se lança a um osso não é digna de um guerreiro.

— Não foi essa minha intenção — retrucou P'eng, com uma reverência. — Tenho pelos generais o mesmo respeito que me inspiram as forças da Natureza, um terremoto, um furacão, uma enchente, e longe de mim a ideia de comparar energias tão poderosas com a fragilidade de um faminto. Contudo, há situações em que o mais temível dos generais se vê obrigado a aceitar com humildade tal posição. Suponhamos que vos encontreis perdidos no deserto, vagando com vossas tropas durante dias e dias, sob um calor intenso. A água se esgota, as tropas resistem por um tempo, mas acabam por devorar todos os animais. E quando a carne termina, roem os ossos, as couraças, as botas, qualquer coisa que lhes possa amenizar a fome e manter acesa a esperança de retornar ao lar. Não é assim? Contudo, nem por isso deixaram do ser bravos guerreiros.

— Teu exemplo não procede — exclamou Shihk'ai, impaciente. — O deserto é uma contingência da natureza, um inimigo imbatível. Seria tolice impedir que os soldados tentassem sobreviver a qualquer custo.

— Tendes razão, e sei que a mesma coisa não ocorreria se, em vez do deserto, estivessem exércitos inimigos a vos impor um longo cerco. Nesse caso, mandam os regulamentos militares que as tropas se comportem de outra maneira, deixando intactos os animais, as couraças e as botas, procurando romper o cerco ainda que todos morram na tentativa.

— Não vejo aonde queres chegar — disse Shihk'ai. — Tal procedimento, além de necessário, me parece irrepreensível.

— Em ambos os casos a situação é extrema, e o que leva a comportamentos diversos é a existência de um adversário humano. O orgulho, ou a dignidade, como queirais, impede que um guerreiro se humilhe a ponto de devorar animais, couraças e botas para evitar o confronto com o inimigo.

— Assim é, certamente — concordou o general, erguendo o queixo. — A honra é um dos pilares sobre os quais repousa a disciplina. E um exército não pode existir sem disciplina.

Deliciado com o rumo dos acontecimentos, Wang P'i saboreava as palavras de P'eng, procurando manter uma expressão neutra, para não deixar transparecer o quanto lhe agradava aquele duelo, em que um velhinho desdentado, um pobre diabo, acendia um fogo brando sob o traseiro de um poderoso general, a fim de fritá-lo em sua própria gordura.

— Honra, se não estou equivocado — prosseguiu P'eng —, é aquele sentimento que nos leva a desejar que os outros nos respeitem pelo fato de sermos pessoas dignas, honestas etc. No que diz respeito ao soldado, além da honra pessoal, exige-se que mantenha a honra militar, cujo fundamento mais importante é a coragem. Quanto à disciplina, a que vos referis, consiste na observância de normas que visam à manutenção da ordem. A disciplina pode ser consentida ou imposta. Quando a disciplina é imposta, como ocorre no exército, qualquer transgressão é punida severamente. Concordais?

— Sim... — balbuciou Shihk'ai, pressentindo que estava sendo atraído para uma cilada.

— Voltemos ao início. A honra é um sentimento que nos leva a desejar que os outros nos respeitem etc. Trata-se, portanto, de um sentimento, de algo íntimo, pessoal. Mas, se para manter a disciplina me obrigam a ser corajoso, quando, na verdade, não o sou, já não se trata de um sentimento autêntico, de um componente de minha natureza, mas de algo imposto e que, portanto, nada tem a ver com a honra.

— Mas a coragem é uma qualidade fundamental do caráter, especialmente quando se trata de um soldado! — bradou Shihk'ai.

— Contudo, o fato de eu não demonstrar bravura diante do perigo não significa que eu seja covarde. Haverá, certamente, inúmeros guerreiros temerários que se acovardam ante a ideia de que lhe arranquem um dente, a frio, sem que estejam embriagados, embora talvez se mostrem dispostos a perder todos os dentes no calor da batalha.

Shihk'ai moveu ligeiramente o corpo, inquieto, e, olhando para Luyeh, esperou que este viesse em seu auxílio. Sabia como se movimentar nos mais diversos tipos de terreno — desfiladeiros, pântanos, escarpas, areias movediças —, mas aquele emaranhado de palavras lhe parecia intransponível.

— Se discordasse de P'eng, estaria mentindo, com o objetivo de sustentar vossa posição, general — disse Luyeh. — Parece-me evidente que os soldados tenham que manter a disciplina, mas não podemos confundir tal obrigação com a honra, que, como bem observou P'eng, deve ser espontânea.

Um besouro entrou zunindo na choupana e revoluteou ao redor de Shihk'ai, que, depois de o afastar várias vezes com a mão espalmada, acabou por agarrá-lo no ar e esmagá-lo com uma forte pancada sobre a mesa.

— Por outro lado — prosseguiu Luyeh, imperturbável —, o conceito de honra não passa de uma grande tolice.

— Perplexo, Shihk'ai abriu a boca para responder, mas a um gesto de P'eng, mordeu as palavras e se limitou a resmungar algo ininteligível. Tsech'i dissimulou um sorriso com uma tosse incontrolável. Wang P'i, que se encontrava na mesma situação, achou boa a ideia de tossir também.

— A propósito da honra — continuou Luyeh, quando ambos pararam de tossir —, gostaria de vos contar uma pequena história. Numa clareira da floresta, estavam reunidos alguns monges taoistas que, embora muito idosos, ainda conservavam o vigor da juventude. Nenhum dele tinha noção do que fosse a honra, mas isso não os impedia de levar uma vida serena e despreocupada. "Vejam o que encontrei à beira do caminho", exclamou certo dia Bom Para Merda Nenhuma, pondo no chão um cesto com legumes. "Deve ter sido colocado ali por uma fada, para que possamos gozar de uma boa refeição." "Ainda bem que me lembrei de trazer a panela", disse Feito de Mil Pedaços, retirando da trouxa um caldeirão de barro.

"Sugiro que tiremos a sorte para ver quem recolhe os gravetos", acrescentou Saco de Peidos. "Não temos água", lembrou Traste Que Ninguém Quer. Nesse momento, brotou do chão uma nascente, aos pés de Beiços Gretados, e todos se puseram a rir. "Se tivéssemos um pouco de carne...", lamentou Mel Para os Tolos. "Aí vem ela!", avisou Fanfarra que Enaltece, olhando para o céu, de onde caiu uma lebre que uma águia deixou escapar de suas garras, depois de lhe arrancar a pele e as vísceras. "O Tao não desampara quem se mantém no caminho", lembrou Bom Para Merda Nenhuma. Formou-se então um redemoinho, que juntou gravetos e galhos num montículo, e uma faísca desceu de um céu sem nuvens para acendê-los. "É muita gentileza!", exclamou Descosido, que acabara de aliviar os intestinos atrás de uma moita. Saco de Peidos ergueu a túnica e, colocando o traseiro junto aos gravetos, soprou e avivou o fogo. "E o sal?", perguntou Beiços Gretados, coçando a virilha. "Não te preocupes com detalhes", respondeu Mel Para os Tolos.

Depois de saborear o cozido, cujo tempero estava no ponto, os velhos agradeceram mais uma vez ao Tao e se puseram a cantar e a dançar. A certa altura, Traste Que Ninguém Quer bateu com a mão na cabeça e disse: "Sabem quem morreu?!". "Lucro Extorsivo", respondeu Lábios Gretados. "Foi decapitado, por vender mantimentos a preço exorbitante." Traste Que Ninguém Quer ficou um pouco decepcionado ao ver que a novidade já era conhecida, mas contou um detalhe inédito. "Quando lhe cortaram a cabeça, ocorreu um prodígio. A cabeça caiu no cesto e se pôs a murmurar. O carrasco se aproximou e a cabeça lhe disse ao ouvido: 'Recomendai a meus pais que não se esqueçam de cobrar os empréstimos e os juros que me são devidos'." Todos acharam muita graça, e só deixaram de rir quando Saco de Peidos lhes comunicou que Afã de Sucesso também havia morrido, depois de uma convulsão. "Durante o velório, algumas pessoas discursaram, elogiando o morto. De repente, ele se sentou no caixão e, com ar muito compungido, exclamou: 'As palavras, tão logo saem da boca, são esquecidas. Espero que deixeis vossos elogios por escrito'."

Os velhos tiveram que interromper mais uma vez o riso para lamentar o suicídio de Vitória a Qualquer Preço, que tomou uma taça de vinho envenenado depois de perder no jogo. Arrebanhando as vestes, que se tinham descomposto, Bom Para Merda Nenhuma sugeriu que fossem até as margens do rio Azul. "Ouvi dizer que as peras acabaram de amadurecer", informou. "Já fizemos muito hoje", respondeu Fanfarra Que Enaltece, com um bocejo. "Amanhã nos desincumbiremos dessa tarefa."

Durante um breve momento, fez-se absoluto silêncio, quebrado apenas pelos ruídos da floresta e pelo relinchar dos cavalos ao longe. Shihk'ai não lograra perceber o sentido daquela história, não porque sua inteligência fosse insuficiente, mas porque ele se negava a admitir que um velho monge, cuja vida estava em suas mãos, pudesse ter algo importante a lhe dizer. Wang P'i captara o sentido, mas não concordava com o ensinamento, ao passo que Tsech'i entendera e aceitara tudo com enorme prazer, mas estava impedido de o demonstrar.

P'eng, no entanto, além de ter apreciado a história, sentia-se suficientemente livre para gargalhar à vontade. Tsech'i sabia que naquele riso havia não só alegria, mas também a intenção de demonstrar independência diante de homens tão poderosos, em relação a um tema que eles poderiam considerar ofensivo. Afinal, nada mais contrário à disciplina militar do que um punhado de "vagabundos" que recebem o sustento do Céu e sobrevivem sem esforço algum, tendo como único apoio seu amor irrestrito ao Tao, a Mãe de Todas as Coisas.

Quando P'eng acabou de rir os generais o fitavam com severidade. Shihk'ai procurou controlar sua indignação e o impulso de mandar executar Luyeh, pois este, em vez de tentar convencer o adversário de seu erro em ter iniciando aquela guerra, agia com a leviandade de uma criança ou de um tolo, reforçando a posição do inimigo.

Wang P'i não estava propriamente irritado com os monges, uma vez que estes lhe serviam de alavanca para desestabilizar Shihk'ai. Tornara-se evidente que o bravo general caminhava em terreno inseguro, deixando transparecer sua irritação e ansiedade. E Wang P'i admirava-se de constatar que dois simplórios estavam conseguindo realizar em pouco tempo o que ele tentara, em vão, durante anos. Contudo, para dissimular o que lhe ia na mente, fitou Luyeh e, num tom ameaçador, lhe disse:

— Tuas palavras seriam ofensivas se nos sobrasse tempo e disposição para dar ouvidos a um punhado de tolices. Não me importa que vós, monges, encontreis prazer em tais divagações, contanto que meu Estado não seja prejudicado. Mas, considerando-se que temos dois exércitos lá fora, à espera, não posso me dar ao luxo de rir com semelhantes disparates.

— Minha intenção não foi provocar o vosso riso, e sim a vossa reflexão, embora o episódio me pareça divertido e eu não veja que mal vos poderia fazer um pouco de riso.

— São muitos os episódios que me levam ao riso, ou à reflexão, mas pertencem a outra esfera.

— Os incidentes da guerra, certamente.

— E por que não? Com o que se diverte o açougueiro senão com os acontecimentos pertinentes ao seu trabalho? Cada um sabe de seu ofício e dele tira seus motivos de tristeza ou alegria.

— O vosso açougueiro, pelo visto, jamais abandona a bancada de trabalho, para descansar os músculos e os olhos.

— Tem seus momentos de ócio, mas, se é um bom açougueiro, põe seus pensamentos em seu ofício. Poderá rir com as peraltices dos filhos, com o escorregão do vizinho, mas seu melhor riso florescerá no ambiente de trabalho.

— Conheceis o diálogo entre a morte e o açougueiro? — indagou P'eng, em meio a longo bocejo.

— Não.

— O açougueiro trabalhara a vida inteira, matando e esquartejando bois, vacas, novilhas e ovelhas. Estava sempre de bom humor, assoviando e cantarolando despreocupadamente. Um dia, sentiu-se mal e caiu com os olhos muito abertos e a boca retorcida. Ao ver a face da morte, ficou ainda mais amedrontado e lhe pediu que esperasse alguns anos. "Lidaste sempre com a morte alheia e não aprendeste a morrer", disse ela. "Enquanto matavas e esquartejavas os animais, nunca te preocupaste em saber de seus sentimentos ou como a morte ocorria. Assim são os homens: mestres em seu ofício e tão despreparados quando se trata de usar o conhecimento para si próprios." E sem se condoer com o choro do magarefe, a morte o levou.

— Não percebo como tua história possa ilustrar o que dizíamos — ponderou Wang P'i.

— Nem foi intenção. Vossa referência ao açougueiro despertou-me a lembrança desse pequeno ensinamento. Não me leveis a mal. Vosso raciocínio avança rapidamente em direção ao objetivo, em linha reta, enquanto que o meu é vacilante, mais parecido com o andar de um bêbado ou de um homem despreocupado, sem finalidade, que se detém a cada passo para colher flores à beira do caminho.

— Uma vez colhidas as flores, podemos retroceder alguns passos e voltar ao tema — sugeriu Wang P'i.

— Vejo que tanto vós quanto o destemido general Shihk'ai sofreis com o abafamento de minha humilde choupana — disse P'eng, procurando ganhar tempo.

— Na verdade, estamos acostumados a espaços abertos — concordou Wang P'i. — Um exército é como um corpo gigantesco, que necessita de amplidão para se mover e expandir.

— O mesmo ocorre, certamente, com vossos pensamentos — atalhou o monge. — Afinal, sois as cabeças de vossos exércitos e fazeis parte desse corpo gigantesco a que vos referis. Basta que entreis num desfiladeiro, ou mesmo num vale, para que vosso coração se inquiete e vossa mente se torne mais alerta. Em tais ocasiões, deveis vos sentir como pássaros, para os quais o desfiladeiro já é, digamos assim, meia gaiola, pouco faltando para que a habilidade do inimigo a transforme numa gaiola completa. Por isso me ocorreu que neste ambiente fechado e insignificante vossas mentes privilegiadas talvez se vejam privadas do estímulo necessário à ousadia, sem a qual dificilmente sairemos deste impasse.

— Por outro lado — arrematou Luyeh —, as brisas tornaram-se mais tímidas em vossa presença e deixaram de soprar em nossa direção, privando-nos do frescor das águas e do perfume dos pessegueiros.

— Parece-me — continuou P'eng — que vos sentireis mais a gosto numa clareira situada a pequena distância daqui, oculta pela expressa folhagem e recortada por um rio, em cujas águas vos podereis banhar, nos intervalos de nossa longa e exaustiva conversação. Tenho já preparada uma frugal refeição, e se a ideia vos agrada, ali permaneceremos até o cair da noite.

Temeroso de que lhe houvessem preparado uma emboscada, Shihk'ai olhou interrogativamente para Luyeh.

— Não vejo por que tenhamos que ficar confinados — respondeu Wang P'i, com um sorriso. — Espero que nosso anfitrião não nos leve a mal nem veja em nossa atitude uma ofensa, mas certamente nos sentiremos bem mais dispostos e propensos ao entendimento se dermos ao corpo e ao espírito um pouco mais de conforto.

Aquelas palavras soaram estranhas aos ouvidos de Tsech'i, pois o general sempre desprezara o conforto e uma de suas qualidades estava em se sujeitar a condições adversas, muito além dos limites do suportável.

Levantaram-se. Shihk'ai começou a vestir a couraça, mas ao ver que Wang P'i já se dirigia para a porta, desarmado e sem qualquer proteção, sentiu-se envergonhado por sua insegurança.

A clareira ficava junto a uma bacia natural, de pedra, onde o rio se agitava numa corredeira que aos poucos se aquietava, até se espraiar num largo remanso, totalmente banhado pelo Sol. Ao longo das margens crescia uma relva escura, que se estendia até os limites dos bosques de carvalhos, pinheiros e ciprestes. Junto à clareira, onde penetrava o Sol, havia tamargueiras, com seus ramos delgados, cobertos de pequenas espigas e flores rosadas. As catalpas eram menos numerosas, mas se destacavam por copa majestosa, de folhas largas, em forma de coração, e suas flores brancas, salpicadas de púrpura.

Na pequena elevação por onde o rio penetrava na clareira, erguia-se um bosque de pessegueiros que P'eng havia plantado muitos anos antes e que naquele dia estavam carregados de flores. Plantar um bosque de pessegueiros no interior da Floresta dos Pessegueiros poderia parecer um contrassenso, mas, na verdade, o monge dispusera as árvores de maneira a criar uma pintura viva, no melhor estilo taoista, o que transformara o lugar num recanto propício à calma e à meditação.

Ao entrar na clareira, os generais não ocultaram sua surpresa diante daquela beleza inesperada. Shihk'ai conteve a respiração e sorriu. Wang P'i rodopiou no centro da clareira, de braços erguidos, como se quisesse devolver ao ambiente uma energia incontrolável, que lhe entrava pelos olhos e lhe amolecia o coração.

P'eng dependurou o cesto de palha com a comida num galho de catalpas, livrou-se das roupas e mergulhou no remanso, deixando escapar um grito de satisfação. Luyeh foi mais prudente. Sentou-se na relva, com os pés dentro do rio, para se certificar de que a temperatura não lhe seria desagradável; depois, admirando a paisagem, despiu-se calmamente e entrou na água.

Hesitando entre obedecer ao formalismo de sua posição subalterna e aos apelos da sensibilidade e do coração, Tsech'i se deteve à beira do remanso, à espera de que os generais tomassem a iniciativa; mas eles pareciam atarantados ante a insólita situação. Wang P'i olhou para o jovem capitão, como se buscasse um indício de como proceder; e, ao se dar conta de que Tsech'i sorria, tirou as roupas e mergulhou de cabeça no rio. Tsech'i despiu-se rapidamente e se atirou às águas com tal ímpeto que por pouco não atropelou Wang P'i.

Dominado ainda pela sensação de que sua vida poderia estar em risco, Shihk'ai lançou um olhar ao redor, à procura de prováveis inimigos ocultos. A voz amistosa de Wang P'i lhe chegou como uma bofetada e seu atordoamento cresceu ao ver que o general lhe sorria e acenava para que lhes fizesse companhia.

— Vem! — gritou Wang P'i. — Ou será que não sabes nadar?!

Paralisado pela dúvida, Shihk'ai não se mexeu nem respondeu à provocação. Mas, receoso de que o adversário visse naquela resistência algum indício de desconfiança ou covardia, acabou por sorrir, contrafeito, e se juntou aos demais.

Enquanto nadavam, um leopardo branco entrou na clareira e, aproximando-se das roupas deixadas no chão, começou a farejá-las. Shihk'ai nadava a poucos metros do animal e quando o viu ficou apreensivo. O leopardo avançou até a margem e fixou o olhar no general, que, nadando de costas, procurou se manter fora de seu alcance. P'eng, que havia recolhido o animal e cuidado dele, quando a mãe fora morta por um caçador, nadou em direção ao leopardo, perguntando-lhe como estavam sua mulher e seus filhos, e o que viera fazer na clareira.

— Espero que já estejas alimentado e que o cheiro de nossas roupas não tenha aguçado teu apetite — gracejou, atirando golfadas de água sobre o animal. — E como vai a rabugenta da tua sogra? Ainda te inferniza a vida por não lhe levares, de vez em quando, o fígado de algum general, sua iguaria preferida?

Com uma gargalhada, P'eng saiu da água e depois de acariciar o focinho do leopardo e lhe coçar a cabeça atrás das orelhas, subiu-lhe no dorso e, encolhendo as pernas, sugeriu-lhe que dessem um passeio. O animal caminhou ao longo da margem e o monge continuou a conversar com ele, animadamente, até que ambos sumiram entre a folhagem.

Mudos de espanto, os generais se entreolharam, enquanto Luyeh e Tsech'i riam, sem denotar surpresa.

— Mas isso é extraordinário! — exclamou Wang P'i.

— Esse homem deve ter o dom do encantamento — acrescentou Shihk'ai, preocupado, pois se o conversador escolhido pelo adversário era capaz de convencer um leopardo, o que não faria ao se defrontar com Luyeh?!

Como se houvessem lido seu pensamento, dezenas de carpas surgiram à flor da água e se aproximaram de Luyeh, que se pôs a brincar com elas. Antes que o general pudesse dizer qualquer coisa, P'eng retornou à clareira, sem o leopardo, e todos o saudaram com uma gargalhada. O monge pegou o cesto de comida e sugeriu que lhe fizessem companhia.

Deitaram-se na relva, nus, aquecendo-se ao Sol, e P'eng colocou as iguarias sobre um pano surrado de cânhamo: pepinos, abóbora e cebolas em conserva, queijo e feijão, bolos de arroz, mingau, peras, amoras, ameixas e vinho de painço negro e arroz. Começaram a comer, despreocupadamente, ouvindo o canto dos pássaros, abundantes naquela região.

A princípio Shihk'ai ficou apreensivo por não ter à mão seus pauzinhos antissépticos de marfim, que mudavam de cor ao entrar em contato com qualquer substância venenosa. Mas ao ver que os outros comiam tranquilamente, acabou se convencendo de que Wang P'i viera ao seu encontro sem nenhuma intenção malévola. E como este se mostrasse alegre e descontraído, Shihk'ai pensou que ele talvez estivesse sendo sincero em sua proposta de paz. Contudo, não podia se esquecer de que o adversário era um homem astuto e sanguinário, capaz de enganar os deuses para atingir seus objetivos.

Deitado de costas, Wang P'i observava o movimento das nuvens. Seus espiões haviam lhe contado que um dos protetores de Shihk'ai acabara de ser vitimado pela varíola e que a posição do general se enfraquecera. Uma grande nuvem avançou em direção às outras, menores, e as engoliu, uma a uma. O céu também tinha sua estratégia. Fechando os olhos, Wang P'i sorriu ao pensar que dois exércitos poderosos estavam imobilizados havia meses, à espera de uma decisão, e que os homens encarregados de discutir o término das hostilidades se encontravam numa clareira, despreocupados, comendo e repousando, inteiramente nus. E não seria aquela a imagem perfeita da paz?

Enquanto saboreava um bolo de arroz, Tsech'i pensava no impasse a que as circunstâncias o haviam conduzido. Abraçara a carreira militar, seguindo a tradição de sua família, mas a cada dia estava menos convencido de que fizera a escolha acertada. Aquela era uma época de matanças, e ele não se sentia com disposição de viver com as botas mergulhadas no sangue. Por outro lado, se abandonasse as armas, seria um desertor, a menos que, pela vontade dos deuses e habilidade dos conversadores, aquela guerra absurda chegasse ao fim.

Sentia-se infeliz por saber que, para se tornar um bom general, seria obrigado a desenvolver a dissimulação. A arte da guerra tinha como fundamento a mentira, o logro, a capacidade de ludibriar o inimigo com artimanhas, simulando fraqueza e desorientação, para depois atacá-lo de surpresa, de maneira fulminante. Contudo, ele respeitava os generais. Sabia que a guerra só poderia ser vencida por homens dotados de inteligência, liderança, decisão, tenacidade, paciência, iniciativa, bravura e outras qualidades das quais ele não era possuidor.

Seu temperamento lhe reservava uma posição subalterna, mas isso não o incomodava, pois jamais sonhara com a glória ou o poder, aliás de pouca duração, como pudera constatar em várias ocasiões, assistindo à execução de "traidores" que até então haviam feito uma carreira brilhante. Sentia falta de sua família e desejava ser deixado no seu canto, sem ter que cumprir ordens e executar missões repugnantes. Sorriu ao pensar que seu temperamento se parecia mais com o de um camponês, embora ele conhecesse pouco da vida no campo. Além disso, não lhe agradava a ideia de trabalhar de Sol a Sol, morar numa choupana miserável e viver, com sua família, na insegurança, à mercê de guerras e outras calamidades que assolavam o campo.

Um pássaro cantou ao longe. Tsech'i imaginou que talvez se tratasse de um deus benevolente e lhe pediu que o ajudasse a solucionar aquele dilema e que voasse até sua casa, para zelar por sua família.

Depois de comer, os generais mergulharam no torpor e adormeceram. Acordaram sob o céu estrelado, agasalhados por mantas de cânhamo que os monges haviam trazido. Uma fogueira ardia a alguns passos e, sentados ao seu redor, P'eng, Luyeh e Tsech'i proseavam animadamente.

Shihk'ai foi o primeiro a se vestir. Estava confuso e não compreendia como pudera adormecer e ficar à mercê do inimigo. Mas logo se deu conta de que Wang P'i continuava sob a coberta sem denotar preocupação.

— Boa noite — disse Wang P'i, em resposta a seus pensamentos.

— Vamos ter bom tempo amanhã — contestou Shihk'ai.

— Dormimos um bocado — acrescentou Wang P'i, com um largo bocejo.

— É verdade — concordou o outro, sentindo-se pouco à vontade.

— Nossos bravos generais acordaram! — exclamou P'eng, levantando-se. — Vosso espírito vital se encontrava extenuado, por vos terdes dedicado intensamente às coisas exteriores. Quereis tomar um pouco de chá?

— E algo para comer, se possível — respondeu Wang P'i, começando a se vestir e aparentando excelente humor.

— Enquanto dormíeis, fomos à pesca e trouxemos algumas carpas. Já estão limpas, à espera do braseiro.

— Ótimo! — exclamou Wang P'i, com um entusiasmo que provocou em Shihk'ai um retraimento ainda maior, pois havia naquela situação algo que o inquietava, como se um tigre se pusesse repentinamente a dançar ao som de um Kuan.

As carpas eram tenras e não tardaram a ficar prontas. Enquanto comiam, P'eng tirou um *ch'in* de dentro de um saco e, dedilhando as cordas suavemente, se pôs a entoar velha canção: "Que vossa intenção seja pura e não haja nenhum fingimento".

Wang P'i sorriu. Conhecia a canção e juntou sua voz desafinada à de P'eng: "O que os homens desejam com ardor os deuses acabam por fazer que aconteça".

Shihk'ai moveu a cabeça afirmativamente, mas seus pensamentos vagavam ao longe. Viu-se à beira do leito do príncipe agonizante, que o protegera até então, e se lembrou do que o homem lhe dissera pouco antes de perder a consciência: "Não temos como resistir à fúria dos Ts'in. A vontade dos Céus é que os Estados poderosos devorem os mais fracos. Procura obter um acordo honroso, que nos poupe maiores calamidades".

A voz de Wang P'i se sobrepôs à de P'eng: "Se vivermos em paz, os cães deixarão de rosnar". Shihk'ai lamentou não conhecer a canção, mas suas mãos batiam nos joelhos, ao ritmo do *ch'in*. Havia na voz de Wang P'i uma emoção sincera e Shihk'ai pensou que a situação do adversário talvez não fosse mais confortável do que a sua, pois os príncipes de Ts'in se mostravam ainda mais sedentos de sangue do que os generais, e, em meio à decadência moral, nem sempre distinguiam amigos de inimigos. E essa talvez fosse a razão pela qual o velho tigre se pusera a cantar com tanto sentimento.

Na manhã seguinte, os primeiros raios de sol encontraram Wang P'i e Shihk'ai adormecidos lado a lado. Quando Shihk'ai abriu os olhos, P'eng urinava na beira do rio, movendo o corpo de maneira a desenhar na água, com uma despreocupação infantil. Haviam bebido muito e a noitada terminara ao redor da fogueira, sobre cujas brasas Luyeh preparara uma sopa de gengibre, que, embora fosse mais apropriada para o inverno, viera a calhar, pois a bebedeira lhes roubara as forças, já debilitadas pela tensão.

— Quero dizer-te uma coisa, com toda sinceridade — começou Wang P'i, dirigindo-se a Shihk'ai. — Em poucas ocasiões me senti tão bem. Jamais poderia imaginar que tua companhia fosse tão agradável. Confesso que agora vejo-te com outros olhos.

— Conheceis o ditado: "O excessivo nevoeiro, além de nos enregelar os ossos, tolda-nos a visão" — atalhou P'eng.

— O Sol, quando a pino, só pode projetar sombras curtas — acrescentou Luyeh rindo.

— Seria um hipócrita se ocultasse meus sentimentos — admitiu Shihk'ai. — Sempre te considerei um carniceiro, um homem incapaz de sentimentos elevados. Mas agora vejo que temos muito em comum. Somos, na verdade, camponeses que os desígnios do Céu transformaram em guerreiros. Deixamo-nos levar pela violência, impelidos pela ganância dos príncipes, e acabamos por deleitar nosso espírito com a matança. Esquecemo-nos das coisas simples e nos tornamos pervertidos. Não penses que ainda estou bêbado, por te falar tão francamente. Somos pervertidos, Wang P'i... dois malditos pervertidos.

Shihk'ai deixou escapar um soluço e por um instante Wang P'i chegou a pensar que ele ainda estivesse sob o efeito do álcool. Mas o ar desolado com que o adversário olhava ao redor, como se buscasse auxílio na paisagem, para conter a emoção, o convenceu de que Shihk'ai falava sinceramente. A tensão de tantos anos fora excessiva e algo dentro dele se quebrara.

— Aprecio tua sinceridade — contestou Wang P'i, segurando-lhe o braço — e concordo com o que disseste. Mas embora me sinta inclinado a mudar o rumo dos acontecimentos, isso me parece quase impossível.

— Conquistar a paz é tão difícil quanto acertar a boca de uma jarra com uma flecha a duzentos passos de distância, no escuro — concordou P'eng, num tom irônico.

— Se me permitis uma opinião — disse Tsech'i, afastando a coberta —, creio que a paz tem seu próprio caminho e sabe como nos encontrar quando estamos prontos. Na verdade, ela já chegou aos nossos acampamentos, para os homens simples, e só agora se atreve a entrar, timidamente, em vossos corações.

— Falas com sabedoria, mas não te esqueças de que os verdadeiros artífices da guerra são os príncipes — contestou Wang P'i. — Creio que meus senhores não estão dispostos a abrir mão de uma vitória certa.

— Continuaremos a lutar, então — rebateu Shihk'ai, contrafeito. — Mas não o farei com a anuência do meu coração.

— Não posso crer que estejamos na mesma! — exclamou P'eng.

— Que ao menos a intenção seja pura e que em vossos corações não haja o menor fingimento — acrescentou Luyeh.

— Embora deseje ardentemente a paz, neste momento, a ideia de prosseguir lutando não me desagrada — confessou Wang P´i. — És um inimigo temível e instigante, meu caro Shihk'ai. Numa das batalhas, vencida por teus exércitos, fui surpreendido por uma habilidosa manobra tua e só consegui escapar com vida porque, tendo perdido os sentidos ao ser derrubado de meu cavalo, fui resgatado por um grupo de soldados que me levou, num bote, para a outra margem do rio Wei. Uma nuvem complacente encobriu a Lua e permitiu que atravessássemos o rio sem sermos notados.

— Estamos envelhecendo — admitiu Shihk'ai. — Esforçamo-nos para manter a ferocidade dos anos gloriosos, mas, na verdade, somos prisioneiros de uma situação absurda, cujo desfecho nos levará à destruição.

Permaneceram em silêncio, dando à Natureza a oportunidade de se fazer notar. Wang P'i foi até a beira do rio, para aliviar a bexiga, soltando grunhidos de alívio. Ao retornar, colocou a mão no ombro de Shihk'ai e, pigarreando para limpar a voz, lhe disse, num tom firme, porém desprovido de qualquer sinal de prepotência:

— Tu sabes que teus exércitos não têm condições de resistir por muito tempo. Teu protetor acaba de morrer, tua posição se enfraqueceu e meus espiões me informaram de que não estarás mais no comando no próximo inverno. Há mesmo quem peça a tua cabeça. Por outro lado, minha posição também não é nada confortável. Sempre fui um homem de opinião e os príncipes de Ts'in sabem que eu os considero incompetentes, inúteis e desprezíveis. Até bem pouco tempo atrás eu podia dizer abertamente o que pensava, pois dependiam de mim e de outros generais de minha confiança. Mas a situação mudou. Alguns generais morreram ou se retiraram; outros, amolecidos pelos confortos da Corte, aderiram aos que sempre quiseram me destruir. Como vês, estamos em situações muito semelhantes. Sempre te admirei como adversário e não gostaria de te ver morto ou em posição desonrosa. Pressinto que logo após a vitória, os príncipes de Ts'in tomarão alguma providência para que eu deixe de importunar os vivos. Mas ainda temos um recurso e, se agirmos com habilidade, poderemos salvar a vida e a honra.

Sem ter como negar as afirmações do adversário, Shihk'ai deixou escapar um suspiro. O relaxamento e a singeleza daquele dia inesperado haviam despertado em sua alma uma pequena ressonância em relação às coisas simples; e ele se dera conta de que passara toda a vida entregue a uma tarefa inútil. Seus esforços terminariam na derrota e na anexação do território de Leang pelo poderoso Ts'in. Agora, sua vida lhe parecia o sonho de um louco, duplamente absurdo. Quantos heróis do passado estavam esquecidos? Quantos reinos, outrora poderosos, haviam desaparecido sob nuvens de poeira erguidas por exércitos nascidos de alianças imprevistas? E ele se perguntava o que restara de tanta bravura desperdiçada em carnificinas inúteis. Tudo ruíra diante de um único dia vivido ao acaso; de um raio de sol refletido no corpo dourado de uma carpa; de pequenos acontecimentos... O salto de uma rã no charco, o voo de uma libélula que desafiava, com sua inocência, todos os poderes humanos.

— Estou curioso para saber que recurso nos poderia salvar — disse Shihk'ai.

— Procuraremos ganhar tempo, a fim de permitir que novas condições se manifestem, capazes de alterar os acontecimentos. Se chegarmos à paz definitiva, os príncipes não precisarão mais de nós. A mesma coisa ocorrerá se um de nós vencer. Mas se alegarmos que a conversação chegou a um impasse, talvez consigamos convencer os príncipes a prolongar a trégua, a fim de que possamos reorganizar nossos exércitos.

— Isso pesará a meu favor, já que os príncipes de Leang temem que nossa derrota ocorra a qualquer momento. Cederei às intrigas da Corte e deixarei que o comando seja assumido por algum de meus opositores, enquanto me retiro para as sombras.

— Eu, por outro lado, estarei gravemente enfermo e lamentarei ver meus exércitos nas mãos de outro general.

— E acreditarão na tua doença?

— Um amigo, que domina a arte da cura, saberá me colocar em estado tão deplorável que ninguém duvidará de minha morte iminente. Quando me recuperar, os príncipes estarão por demais ocupados em gozar as delícias da Corte e talvez se esqueçam de minha combalida pessoa. Penso até em forjar meu próprio enterro.

— E poderemos viver em paz nossa velhice. Não será isso covardia?

— Estás derrotado, meu caro. Admite. Será apenas um adiamento.

Shihk'ai baixou os olhos e procurou abrir caminho entre o cipoal de pensamentos que lhe invadia a mente. Parecia exausto e ansioso para terminar logo com a humilhação de se ver acuado.

— Mando-te a resposta em três dias — murmurou, finalmente. — Seja qual for a decisão, continuarei a te respeitar até meu último alento.

— A ideia de alongar a trégua me parece excelente — disse o capitão, que permanecera em respeitoso silêncio.

— Uma chuva não pode durar para sempre — completou P'eng.

Voltaram à choupana e os oficiais vestiram as couraças.

— Para que saibas realmente quanto eu te admiro — disse Wang P'i ao se despedirem —, quero ainda te confessar uma coisa. Se eu estivesse no teu lugar e tu no comando de meus exércitos, serias o vencedor. Minha superioridade só se deve ao fato de ser o Estado de Ts'in mais poderoso que o de Leang.

— Agradeço-te por tua sinceridade — contestou Shihk'ai, abraçando o adversário.

— Espero notícias tuas dentro de três dias — lembrou Wang P'i.

— Farei o possível para engolir meu orgulho e aceitar tua proposta. Adeus.

Tão logo Shihk'ai, Wang P'i e Tsech'i iniciariam sua marcha, o primeiro em direção ao rio Amarelo e os outros rumo ao rio Wei, soldados a cavalo surgiram em meio ao arvoredo para acompanhá-los.

Quando se viram sozinhos, os monges começaram a rir.

— Bebamos à saúde de todos os guerreiros e tolos que, às vezes, por mera coincidência, estão metidos na mesma couraça! — gritou P'eng, erguendo a caneca de vinho de painço negro e arroz.

— Que o Deus dos Rios, o Deus dos Ventos e o Deus da Chuva se apiedem dos inocentes e açoitem com sua fúria os campos de batalha, para tornar impraticáveis os terrenos e acabar de vez com todas as guerras! — respondeu Luyeh, bebendo.

— Assim que tivermos dado cabo de nossa pequena reserva de vinho — disse P'eng, com ar preocupado —, sugiro que nos ponhamos a caminho, pois, se a trégua falhar, antevejo inúmeros percalços. Lembra-te do que disse nosso Mestre Lao-Tsé: "As armas são instrumentos de mau agouro, e quem possui o verdadeiro Tao procura evitá-las".

— Iniciemos a grande marcha em direção ao meu refúgio nas montanhas — concordou Luyeh, arrebanhando seus pertences. — Lembra-te do ditado: "Aqueles que estimam a vida não agem e não fazem planos".

— Quem obedece a limites jamais corre perigo e dura para sempre.

— Quanto maior a distância percorrida, menos ficamos a saber.

— Mas, neste caso específico, já sabemos o suficiente. É melhor percorrer grandes distâncias do que morrer inertes, com nossa sabedoria.

— Aquele que mantiver fechadas a boca, as janelas e a porta jamais encontrará dificuldades — atalhou Luyeh.

— Tranquemos, pois, a modesta choupana e, sem mais um pio, coloquemos os pés na estrada...

Puseram-se a caminho, seguindo pela trilha que margeava o rio Wei. Avançariam em direção ao nordeste, passando por Tcheou, Lo-yang, K'ai-Jong e Lou, para só então subir as encostas da montanha de T'ai-chan. Mas não estavam preocupados nem temerosos. Quem se interessaria por dois monges errantes?

— Se tivermos sorte, encontraremos pelo caminho pomares com ameixeiras, pessegueiros, cerejeiras, marmeleiros, pereiras... — disse P'eng, excitado com a oportunidade de conhecer outras paragens.

— Que Chen-nong, o Lavrador Divino, nos proteja. Além das frutas, aceitaremos outras iguarias que a gente do campo nos ofertará. Imagina se nos dão uma perna de cordeiro, uma braçada de alhos-porros, um pernil de porco!

— Ah, um pernil com sabor de gengibre! Alho-porro cortado em pequenos pedaços, vinagre de arroz, um pouco de vinho, fatias finas de gengibre, sal, óleo de sésamo, pimenta silvestre... Ih! Esqueci-me de trazer a caixa das fezes! — exclamou P'eng.

— Os Deuses do Olfato protegeram nosso eremitério — concluiu Luyeh, com uma gargalhada.

Ao se ver longe de Shihk'ai, Wang P'i espicaçou o animal, seguido de perto por Tsech'i e pelos demais soldados da comitiva. Encontraram os exércitos de prontidão, de acordo com as instruções deixadas pelo general antes de partir. Wang P'i entrou na barraca em que era aguardado pelos generais, falou rapidamente com eles, tornou a montar e cavalgou até sua posição de comando. As tropas então iniciaram sua marcha, para cair de surpresa sobre os exércitos de Leang.

Certo, desde o início das negociações, de que o palavrório de Wang P'i não passava de uma grande lorota, Shihk'ai também deixara seus exércitos de sobreaviso. No dia anterior, um de seus homens, oculto no bosque, viu-o mover os braços, espreguiçando-se, um sinal previamente combinado no sentido de que se deslocassem os exércitos de Leang, em absoluto silêncio, para longe do acampamento, rio acima, e permanecessem ocultos pela densa vegetação.

Quando a coluna avançada de Ts'in, sob o comando de Tsech'i, invadiu o acampamento para provocar confusão e a debandada do inimigo, encontrou apenas barracas vazias e alguns soldados encarregados de manter acesas as fogueiras e espicaçar bois e cavalos, para levantar nuvens de poeira e dar a impressão de que havia intensa movimentação de tropas.

Ao ser informado por Tsech'i de que o inimigo desaparecera, Wang P'i soltou uma gargalhada de satisfação.

— Agora acreditas no que eu dizia?! Lembras-te das regras que aprendeste com teu pai? Oportunismo e flexibilidade. Servi-me do oportunismo e o maroto da flexibilidade. Quem o visse ontem e hoje pela manhã, com aquela expressão combalida, o julgaria derrotado. Que finório!

— Ele se deu conta de que vós não respeitaríeis o prazo combinado — argumentou Tsech'i.

— E julgas que ele o faria se estivesse no meu lugar?!

Alguns soldados se aproximaram, trazendo um oficial do exército inimigo.

— Perdão, meu general... este homem diz ter sido encarregado pelo general Shihk'ai de vos transmitir um recado — disse um dos soldados.

— Soltai-o e não lhe façais nenhum mal.

O oficial, incluindo a cabeça em sinal de respeito, disse:

— O melhor é preservar o que se encontra no coração.

— Somente isso?! Como pode Shihk'ai saber o que está no meu coração?!

— Talvez não saiba, mas presuma o que deveria estar — opinou Tsech'i.

— E então?!

— O sentimento de fraternidade que vos aqueceu o coração durante aqueles breves momentos.

— Fraternidade?

— Creio que Shihk'ai tomou a coisa a sério.

Wang P'i ficou em silêncio e o capitão temeu que tivesse ultrapassado os limites impostos pela hierarquia.

— Julguei que ele se atiraria sobre nós — disse Wang P'i. — Qualquer general que se preze teria agido assim. Em vez de guardares na memória os ensinamentos taoistas, que acabarão por te amolecer o espírito, deverias te preocupar mais com a arte da guerra. Lembra-te sempre disto: "Qualquer operação militar está baseada no logro. Pratica a dissimulação e alcançarás o sucesso. Com humanidade e justiça podes governar um Estado, mas não um exército". Baseado nesses preceitos, o grande Sun Tzu derrotou os inimigos do Estado de Wu. Mas talvez tenhas razão. Considerando-se que nossa vitória é certa, concederei a Shihk'ai os três dias de prazo. Se ele nos atacar antes disso, tu serás responsabilizado e eu cortarei tua cabeça pessoalmente.

— Não vos darei esse trabalho — respondeu o capitão com altivez. — Shihk'ai respeitará o que foi combinado.

— Acredito! — exclamou Wang P'i, rindo. — Parece que os monges o atingiram em cheio com a lenga-lenga taoista...

Antes que o terceiro dia houvesse transcorrido, uma comitiva surgiu, portando o estandarte da trégua. Um homem pequeno e atarracado se apresentou como o general Chü Nien-Sun, novo comandante dos exércitos de Leang.

— Fui incumbido pelos meus senhores de formalizar a rendição.

— Rendição?! — exclamou Wang P'i, surpreso. — E o que é feito de Shihk'ai?

— Morreu nesta manhã, executado por alta traição.

— Mas não vejo como ele possa ter...

— Nosso espião nos transmitiu os termos do acordo a que havíeis chegado.

— Espião?! Mas isso é impossível! O capitão Tsech'i é homem de minha inteira confiança e os dois monges... Estás mentindo. Sabemos que Shihk'ai tinha muitos inimigos na Corte e tu deves ser o mais poderoso deles.

— Dou-vos minha palavra, senhor, de que esse foi o verdadeiro motivo.

Após longo silêncio, Wang P'i ordenou a um oficial que o general e sua comitiva fossem devidamente alimentados.

— Por que motivo os senhores de Leang desistiram de lutar? — indagou Wang P'i, quando o general já deixava a tenda.

— Nossos exércitos estão esgotados, senhor, e nossos cofres também.

Ao se ver a sós com o capitão, Wang P'i o abraçou com entusiasmo.

— Teu golpe foi magistral, meu caro. Nem eu mesmo teria pensado numa solução tão rápida.

— Perdoai-me, general, mas não estou entendendo a que vos referis.

— Não te faças de inocente. Ou pretendes que eu acredite na possibilidade de que um daqueles monges seja mesmo um espião?! Eu teria percebido. Sabes que eu sou um bom farejador de raposas.

— Às vezes, nosso olfato nos leva a farejar como se fosse de outro o odor que provém de nós mesmos.

— Insinuais que eu o tenha traído?! — concluiu Wang P'i, com um riso irônico... — Vejo que ambos somos inocentes. Mas de nada nos valem tais elucubrações. A rendição dos exércitos de Leang talvez não seja suficiente para me livrar de um triste destino. Se algo de pior ocorrer, estarás em perigo. Concedo-te, pois, uma licença para que visites tua família, até que se defina a situação. Ordeno-te que partas imediatamente.

— Espero que estejais enganado e que os príncipes vos recebam com todas as honras. Agradeço-vos por vossa preocupação e espero vos encontrar em breve, com saúde, à frente de vossos exércitos. Contarei à minha mulher e ao meu filho muitas histórias vividas em vossa honrosa companhia.

Abraçaram-se e o general entregou ao capitão uma bolsa com moedas para que ele e sua família pudessem se manter por longo tempo.

— Gostaria de viver o suficiente para te ver nas vestes de um general — gritou Wang P'i, quando Tsech'i se afastava.

— Vivereis o bastante para verdes meu neto ocupando tão honroso posto.

— Que o Céu nos seja favorável! — arrematou o general, rindo, embora soubesse, por um informante, que sua condenação à morte já fora decidida.

Acampados às margens do rio Wei, P'eng e Luyeh, famintos, dispunham sobre a relva um banquete imaginário:

— Castanhas com carne guisada! — exclamou P'eng, levando as pontas dos dedos à boca. — E carpa refogada com carne de porco e molho picante.

— Camarões em molho de feijões, gengibre, alho, vinho amarelo e caldo de galinha — sugeriu Luyeh.

— Pato recheado com brotos de bambu e carne de porco... Ah, se ao menos tivéssemos uma tigela de mingau de painço — choramingou P'eng, movendo a boca desdentada.

— Por que não cantas algo que nos pacifique o estômago e alegre o coração?

Continuando a resmungar, P'eng retirou da bagagem seu pequeno tambor de terracota e começou a cantar:

— Estava a princesa posta à janela, quando o rapaz de uma estrebaria, sem atinar naquilo que fazia, se pôs a rir e a brincar com ela...

Uma nuvem de andorinhas atravessou o céu, a chilrear, em direção ao poente.

— Deixemos o canto para outra ocasião — disse P'eng, guardando o instrumento. — Há pouco ouvi o canto do verdelhão e agora as andorinhas, os pessegueiros a florir...

— Indícios de chuva.

Buscaram um abrigo, tagarelando a propósito do que teria havido com os generais. P'eng olhou para o céu e concluiu que a chuva ainda tardaria.

— Tsehkow perguntou a Confúcio: "Achas que os mortos sabem das atenções que os vivos lhes concedem?". O sábio então respondeu: "Se eu disser que sabem, talvez os filhos e os netos se mutilem para mostrar amor e piedade; se digo que não sabem, é bem possível que os filhos acabem até por não enterrar os pais".

— Se até os sábios evitam comprometer-se, imagina o que não fazem os comuns dos mortais — atalhou Luyeh.

E lá se foram, risonhos e despreocupados como duas crianças.

O FAZEDOR DE SOMBRAS

A fogueira havia sido acesa, como sempre, ao cair da tarde, sobre a duna mais elevada, a algumas dezenas de metros do acampamento, para orientar os viajantes extraviados, um sinal de que encontrariam naquelas tendas uma boa acolhida.

Em condições normais, sob o céu estrelado, um viajante poderia avistar o fogo a uma grande distância. Mas, naquela noite, um pouco depois de o jovem Abdul acender a fogueira, começou a soprar um vento inesperado, que apagou as chamas, agitou as tendas e acabou por se transformar numa terrível tempestade de areia.

No interior da tenda principal, Abul ben Mohammed, pai de Abdul, lhe perguntou se a fogueira ainda estava acesa; e quando o jovem lhe respondeu que não, deixou escapar um suspiro, dizendo:

— Quando a tempestade terminar, não te esqueças de acender novamente o fogo. Ontem à noite fui visitado, em sonho, por um *djin* (gênio), sob a forma de uma serpente, que me anunciou a chegada de um homem capaz de fazer retroceder o Sol. Não achas estranho? Há pouco tudo parecia tão calmo... e, de repente, surge esse vento... Mas é por meios ocultos que Alá age sobre suas criaturas.

A resposta de Alá às palavras de Abul, segundo seu precipitado julgamento, foi uma rajada de vento carregado de areia, que penetrou por uma fresta da tenda, derrubou alguns objetos e apagou uma das candeias. Encolhida a um canto, sob uma grossa manta de lã, Bussaina, uma das quatro esposas de Abul, que até então permanecera em silêncio, como se dormisse, exclamou:

— Louvores a Deus, pois a Ele pertencem toda a glória e todo o poder!

As tempestades de areia eram comuns na região, mas, naquela noite, Bussaina parecia mais assustada do que de costume, e isso contribuiu para aumentar a inquietação de Abul. Felizmente, as outras esposas estavam na tenda vizinha, pois Abul, por ser chefe da tribo, gozava de certas regalias, dentre as quais a de ter uma tenda só para ele.

— Os animais estão bem amarrados? — perguntou, acendendo a candeia.

— Estão — respondeu Abdul, sem esconder sua preocupação. — Mas os dois recém-nascidos talvez não sobrevivam à tempestade.

— Tu não os colocaste no interior da tenda?

— Não... — contestou Abdul, receoso de que o pai o repreendesse.

— Temos que ir lá imediatamente — disse Abul, erguendo o *litam* para proteger o rosto.

— Mas não podemos — ponderou Abdul, cobrindo também o rosto com o pano de lã. — Essa tempestade é violenta e não conseguiremos sair da tenda.

— Estás com medo?!

— Não, pai... mas é impossível respirar com esse vento. E, quando chegarmos ao cercado, os filhotes provavelmente estarão mortos.

— Agora és tu quem decide sobre o momento em que a morte deve descer sobre o acampamento! — respondeu Abul com ironia, arrebanhando as vestes para sair.

Abdul seguiu-o, segurando-lhe o braço. Era um bom menino, e embora tivesse apenas 13 anos, procurava agir como um rapaz, desejoso de se tornar adulto o mais depressa possível, a fim de passar a maior parte do tempo ao lado do pai.

Quando Abul ergueu a cabeça, com os olhos semicerrados, para evitar que a areia os magoasse, levou a mão ao sabre. De início julgou tratar-se de uma visão. Em meio ao vento, que açoitava as tendas com turbilhões de areia, um homem estava sentado tranquilamente sobre sua montaria, como se a tempestade não existisse.

Abul mal conseguia se manter em pé, e, por mais que se esforçasse, era incapaz de avançar um único passo. Sentiu que a mão de Abdul lhe apertava o braço e, por um momento, se deixou contaminar pelo medo do filho. Aquela criatura era certamente um demônio, pois só um ser dotado de poderes sobrenaturais ousaria desafiar a tempestade daquela maneira.

— Louvado seja Deus, o Eterno, que neste universo mutável é o único a gozar de permanência e estabilidade — disse o forasteiro, desmontando com extrema facilidade e cumprimentando-os com um *salam* (reverência) excessivamente respeitoso.

— A paz seja contigo — respondeu Abul, retirando a mão da empunhadura do sabre. — Que Alá bendiga tua chegada a este humilde acampamento.

— Ele ouve nossas palavras e certamente aumentará tua prosperidade.

— Entra em minha pobre tenda. Partilharei contigo o pão e o sal — disse Abul, acrescentando em voz baixa, junto ao ouvido do filho: — Recomenda a Bussaina que seja discreta e permanece atento.

Abdul entrou imediatamente e baixou o cortinado de lã que separava o leito do restante da tenda. Depois, alertou Bussaina sobre a presença do forasteiro e ela se encolheu ainda mais sob as cobertas, como se fizesse o possível para desaparecer.

O homem estava inteiramente vestido de negro, o que tornava sua figura ainda mais impressionante. Mas o que abalou a autoconfiança de Abul foi o súbito desaparecimento da tempestade quando o forasteiro entrou na tenda. Inquieto, inventou um pretexto para sair por um instante e ficou ainda mais apreensivo ao ver que as tendas estavam inertes e o acampamento silencioso, sob o céu estrelado.

— Confio em Tua força, ó Deus misericordioso, pois sei que nada pode prevalecer contra ela — murmurou, antes de entrar.

— Peço-te que me desculpes por chegar numa hora tão imprópria — disse o homem. — Deixei minha família e saí sem destino certo, à procura de uma tribo que me aceite como um dos seus... porque desejo esquecer o passado.

— Como te chamas? — perguntou Abul, a quem caberia decidir se o forasteiro poderia ou não permanecer no acampamento.

— Saif Yazid Al-Açadi.

— Se queres esquecer teu passado, não te perguntarei de que tribo vieste ou quais os motivos que te levaram a abandoná-la. Chegaste pronunciando o sagrado nome de Alá e isso me basta.

— Que a luz de Deus te conduza pelos infinitos caminhos do deserto!

— E o que fazes para sobreviver sob este céu de tantas estrelas? — indagou Abul, ansioso por despachar o homem, pois além de não se sentir à vontade em sua presença, de repente se dera conta de que ainda não fizera a quarta oração, ao pôr do Sol.

— Dedico-me ao comércio.

— Amanhã me falarás sobre este e outros assuntos, pois vejo que o sono já pousou em tuas pálpebras. O que te posso oferecer para mitigares a fome e a sede?

— Não te preocupes... antes de chegar aqui, encontrei uma caravana cujo chefe me tratou com extrema cordialidade, oferecendo-me abundante refeição.

Abul conduziu Saif aos limites do aduar, o círculo de tendas cujo centro era ocupado por ele próprio, e lhe indicou o lugar onde ele poderia se instalar, ordenando a alguns homens que o ajudassem no que fosse necessário.

Depois de cuidar das crias, que, estranhamente, não tinham sido afetadas pela tempestade e se encontravam calmas e repousadas, Abul e o filho voltaram para a tenda. Ao cruzar com alguns cameleiros, Abul mencionou a tempestade e eles o olharam como se não soubessem a que ele estava se referindo.

— As tendas não sofreram dano algum e todos parecem muito tranquilos — observou Abdul.

— Tens razão, filho. A tempestade só aconteceu ao redor de nossa tenda, onde se encontrava Saif. Ninguém mais a viu.

— Mas isso é impossível!

— Saif deve ser o forasteiro ao qual o *djin* se referiu no sonho, o homem que faz retroceder o Sol. Trata-se, portanto, de um mago ou de um demônio. Temos que agir com muita cautela. Mas não te preocupes... com a ajuda de Deus, podemos derrotar qualquer inimigo. Se assim não fosse, os magos e os demônios já estariam dominando este mundo há muito tempo, não te parece?

— Nossa tribo, ao menos, nunca foi governada por magos ou demônios...

— Não te vanglories disso, meu filho. Numa certa medida, somos todos pecadores, conduzidos pelas forças do mal. A cada momento, deparamos com fatos inexplicáveis e temos que lutar com muita energia para manter em nosso coração a palavra de Deus. Os demônios andam à espreita e são dotados de tantos ardis que até um santo homem se pode perder. O Profeta nos alertou contra esse perigo: "Não vês que aos demônios foi concedido o predomínio sobre os incrédulos, para que os seduzissem profundamente?".

— Tu já viste algum demônio de perto? Eles me causam medo!

— Deves respeitá-los, porque são perigosos, mas não deves temê-los. O medo é como o vento que sopra constantemente sobre as rochas e com o tempo as transforma em areia. Insinua-se em tua alma, como uma doença, e quando te dás conta o teu valor se esvaiu e te assustas até com o esvoaçar inesperado de uma pomba.

— Mas eu não sei como evitá-lo — disse Abdul, temeroso de que o pai se decepcionasse.

— Tu dissimulas muito bem e até pareces corajoso. Uma coisa é certa: ninguém pode evitar o medo, como não se pode evitar a tempestade de areia. Mas não deves enfrentá-lo, pois lutar é admitir que tem poder sobre ti. O segredo é sair do medo, como sais de uma tenda, virando-lhe as costas.

— Sair?! Mas o medo me paralisa...

— Primeiro tens que conhecer o mecanismo do medo. Ele está diretamente ligado à morte. Tens medo do escuro porque te tornas mais vulnerável a um ataque; temes uma tempestade de areia porque não consegues respirar; e meus gritos te assustam porque, se eu me enfurecer, posso te espancar até a morte.

— E tenho medo de falar com Laila, embora goste muito dela — acrescentou Abdul, encabulado. — Quando Laila me chama, eu sinto um aperto na barriga.

— É o que eu te digo, meu filho... o amor é uma espécie de morte... quando amas deixas de existir para ti mesmo, te esqueces de comer, só pensas na tua amada. Mas estamos nos enredando em detalhes. Quero que aprendas a te livrar do medo porque a morte é inevitável e um guerreiro não pode se deixar envolver por esse sentimento. Lembra-te do que disse o Profeta: "Onde quer que vos encontreis, a morte vos alcançará, mesmo que fortalezas intransponíveis vos protejam".

— Dito assim parece evidente, mas a morte me assusta.

— És um menino e ainda tens tempo de meditar sobre essas coisas. Estou certo de que serás um bom guerreiro e saberás encarar a morte com alegria. E agora vamos nos recolher, pois acabo de me lembrar, pela segunda vez, de que ainda não fizemos as orações.

A tribo que Saif escolhera para dar continuidade a seu estranho comércio fazia parte dos Mulatamin (os que velam a face), um povo nômade que habitava uma região estéril ao sul do deserto de Nicer, entre o Rif da Abissínia e o País dos Negros. Os "povos velados" estavam divididos em inúmeras tribos. Eram aguerridos, amavam o isolamento e se mantinham afastados das regiões cultivadas. E foi precisamente em decorrência dessas características que Saif elegeu a tribo dirigida por Abul.

Na manhã seguinte, quando Saif deixou sua tenda, o acampamento já estava bem movimentado, pois alguns cameleiros levavam seus animais para as redondezas, onde havia arbustos em quantidade suficiente para alimentá-los. Ele caminhou entre as tendas, observando atentamente o que ocorria e aguardando uma oportunidade de estabelecer contato com alguém. Pareciam todos muito atarefados, e Saif concluiu que talvez não conseguisse realizar nenhum negócio naquela manhã. Mas estava enganado. Não havia dado uma centena de passos quando encontrou um homem atarracado, sentado na areia, à sombra de um camelo.

— Que Alá abençoe com o refrigério da sombra aqueles que se sentem abrasados pelo sol do meio-dia — disse Saif, depois de fazer o *salam*.

— Possa Ele ouvir tuas palavras, irmão — gemeu o outro —, antes que eu perca os sentidos sob o calor deste maldito deserto!

— Pelo que vejo, és um habitante das cidades, onde o Sol deixou há muito de exercer seu domínio.

— Sim... Na verdade, minha estupidez me castigou. Embora Alá, em Sua infinita misericórdia, me tenha agraciado com boa saúde e razoável perspicácia, eu deitei tudo a perder. O jogo foi minha ruína, secundado pela bebida e pelos outros vícios menores. Meu pai se cansou de me aconselhar e acabou por me expulsar de casa. E aqui estou, com mulher e filhos, a cuidar de alguns camelos que ele me entregou como um pequeno cabedal a ser multiplicado, se Alá me der juízo.

— Rogo a Deus que seja benevolente contigo. Foi Ele, certamente, quem me colocou no teu caminho. Gostaria de ajudar-te, e se me deres a honra de receber-te em minha tenda, poderemos conversar sobre isso.

Agradecendo a Alá por lhe enviar alguém que se interessava por sua sorte, Hamid, o improvisado cameleiro, apressou-se em aceitar o convite de Saif e pediu a um companheiro que cuidasse de seus animais por alguns instantes, para resolver um assunto urgente da família.

A alguns metros da tenda de Saif, Hamid começou a sentir o sopro de uma brisa suave e perfumada.

— Que sensação refrescante — disse ele, sorrindo. — Faz-me lembrar o pátio da casa de meu pai, coberto por uma enorme parreira, cuja sombra me proporcionou muitos momentos de relaxamento e preguiça.

— Gostas da sombra e te delicias com o sopro da brisa fresca. Aos habitantes das cidades repugnam o calor intenso do deserto, o odor das fezes dos camelos e até mesmo do próprio corpo, que se vai impregnando de suor e poeira, a ponto de eliminar qualquer distinção entre um ser humano e um bode fedorento.

— Tens razão, meu caro... Perdoa-me a estupidez e a falta de memória... não me lembro de ter ouvido teu nome.

— Saif.

— Eu sou Hamid. Como te dizia, meu caro Saif, se me permites falar com tal intimidade...

— Somos todos irmãos sob as bênçãos de Alá.

— Tens razão quando comparas um pobre cameleiro como eu a um bode fedorento. Pois se é certo que um homem suarento e empoeirado acaba por cheirar como um bode, também é verdadeiro que de tanto viver como bode em meio a outros bodes, ele terá incorporado à sua natureza a condição de bode.

— Falas com sabedoria, Hamid — arrematou Saif, erguendo a manta de pele de cordeiro que vedava a entrada da tenda.

Ao entrar, Hamid notou que o frescor aumentava, como se ele estivesse à sombra de um bosque, no alto de Tibesti, uma das montanhas do Saara, onde passara algum tempo com seu pai, na adolescência. Nem mesmo nos oásis de Tugurt ou El Golea se sentira tão bem.

— Fica à vontade, Hamid — disse Saif, livrando-se do *litam*, do turbante e das vestes mais pesadas.

Hamid aceitou de bom grado a sugestão, pois estava ansioso por sentir na pele o toque daquela aragem perfumada. Mas logo notou o absurdo da situação, já que era impossível haver uma brisa fresca no interior de uma tenda fechada, sob um sol abrasador.

— Não me leves a mal, Saif, mas eu gostaria de saber...

— Não te preocupes — interrompeu Saif. — É apenas uma brisa e devemos gozá-la enquanto está aqui. Aceitas um suco de romã, de damasco... ou, quem sabe, de melancia?

— Melancia?! — exclamou Hamid, surpreso, pois desde que chegara ao acampamento não vira uma única melancia, tão comum nas cidades.

Saif esgueirou-se para trás da rica tapeçaria que pendia do teto e voltou com uma pequena jarra e duas taças de estanho. Ao sorver o primeiro gole, Hamid deixou escapar um grito de espanto.

— Mas o que é isto?! — perguntou, colocando a taça sobre a mesa, como se desejasse ficar livre dela o mais depressa possível.

— Gelo — respondeu Saif, rindo. — Esqueci de te perguntar se preferias suco gelado.

— Não sei de que estás falando.

— Se aqueces a água, ela se torna vapor. Se a submetes a um frio intenso, ela se transforma em gelo. Basta colocar um pedaço de gelo dentro do suco para fazer dele essa delícia que, pelo visto, pretendes rejeitar.

— Bebi muitas vezes das águas das montanhas, mas nada que se comparasse a isso!

— Por que não experimentas outra vez?

Hamid pegou novamente a taça, bebeu um gole, depois outro, e, estalando os beiços, sorveu o restante, de um fôlego.

— Queres mais?

— Sim, mas a jarra deve estar vazia.

Saif encheu novamente a taça de Hamid e a sua própria e bebeu, despreocupadamente. Hamid pousou sua taça na mesa, agarrou a jarra, ergueu-a acima da cabeça, para lhe examinar o fundo, e depois virou-a com a boca para baixo, recebendo sobre o resto uma tal quantidade de suco que as vestes ficaram encharcadas. Deixando cair a jarra, Hamid se levantou num salto e começou a tremer.

— Tens, seguramente, parte com o demônio! Deixa-me sair daqui. Juro por Alá, misericordioso, que nada contarei a meus companheiros.

— Calma, Hamid... não te farei mal e te ajudarei a superar tuas dificuldades, como te prometi.

— Juras pelo Profeta?!

— Senta-te e acalma tuas emoções — continuou Saif, erguendo a jarra e enchendo a taça de Hamid.

— Por Deus, que jamais abandona os crentes! Como posso acalmar minhas emoções se acabo de esvaziar essa jarra e ela continua a verter suco de melancia?!

— Suco de romã — corrigiu Saif, rindo. — Prova.

Hamid segurou a taça, mas suas mãos tremiam tanto que ele não conseguiu beber.

— Como é possível?! — perguntou, com um fiapo de voz.

— Não existe suco algum, nem de melancia nem de romã — respondeu Saif, pegando a jarra e virando-a com a boca para baixo. — Vês? Tudo não passou de ilusão dos sentidos.

— Tu queres me enlouquecer ou me tomas por um tolo!? — exclamou o cameleiro, controlando-se para não gritar.

— Eu apenas te fiz ver o que não existe... Um pequeno truque sem importância que aprendi na Índia.

— Então tu és um mago! — balbuciou Hamid.

— Não gosto dessa palavra, pois, como sabes, os magos podem ser punidos com a morte. Prefiro admitir que tenho alguns poderes, graças à benevolência de Alá, o Ser que tudo sabe.

— Espero que não sejas um desses malditos *ba'ajin*... Que Deus nos projeta.

Os *ba'ajin* a que se referia Hamid eram os temíveis "estouradores de barriga", que empregavam a magia para matar a bestiagem. Entregavam-se a invocações ímpias e utilizavam a espiritualidade dos gênios e dos astros para atemorizar os beduínos e obrigá-los a lhes entregar uma parte de seus rebanhos. Caso não fossem atendidos, olhavam para o rebanho, pronunciavam algumas palavras só deles conhecidas, e a barriga dos animais se rompia, deixando cair as vísceras. Também tinham poder sobre a mobília, os escravos e tudo quando pudesse ser adquirido com dinheiro. Só eram impotentes em relação aos homens livres.

— Não te aflijas sem motivo — respondeu Saif. — Jamais utilizei meus conhecimentos para prejudicar alguém. Meus poderes sempre estiveram a serviço de meus semelhantes.

— E o que vieste fazer aqui? Alguém te chamou para que exerças teu ofício?

— Não. Eu pretendo apenas me dedicar aos meus negócios.

— E quais são esses negócios?

— Eu vendo sombras.

— Sombras?! Então és um mercador de tendas...

— Não, Hamid. Eu vendo apenas as sombras, sem tendas nem pessoas, camelos, árvores ou qualquer coisa que se possa erguer entre o Sol e a Terra.

— Mas isto é impossível! — exclamou o cameleiro, olhando em direção à saída e retesando os músculos para se pôr a salvo.

— Tu imaginas que a sombra seja um espaço privado de luz, um obscurecimento provocado pela interposição de algo. Mas, na verdade, a sombra é um corpo, existente por si mesmo. Embora, na maioria das vezes, esteja ligada aos corpos opacos e se torne visível por meio da luz, também pode existir sem eles. Tanto é verdade que a noite, a maior de todas as sombras, desce sobre nós sem que seja necessária a interposição de uma árvore gigantesca ou de um camelo descomunal para evitar que a luz do Sol nos chegue ao fim do dia.

— Tens razão! — disse Hamid, cuja ignorância não lhe permitia contestar as absurdas afirmações de Saif, que se divertia com a ingenuidade do cameleiro. — E tu aprendeste a domar as sombras!

— Exatamente. É um trabalho difícil, que requer muita concentração e profundos conhecimentos sobre a verdadeira natureza da claridade e da escuridão, bem como do cultivo de suas ocultas sementes, cuja diversidade nos permite obter as variações mais sutis do dia e da noite, que vão da ligeira penumbra à treva absoluta. Esses conhecimentos nos dão também o domínio sobre todos os seres luminosos e sombrios, alguns de beleza diáfana, semelhante à da musselina, quando exposta aos primeiros raios de sol, ao amanhecer; outros, de aparência terrificante, jamais visível aos olhos de nosso rosto humano, mas apenas pressentidos no âmago da treva, embora aos olhos de Deus, louvado seja, estejam em plena luz do conhecimento, da onisciência. Pois, como sabem todos os crentes, numa noite negra, sobre uma pedra de mármore negro, anda uma formiga negra... e Deus a vê.

Maravilhado com as palavras do mago, que era, sem dúvida, um sábio enviado pelo Altíssimo para iluminar os caminhos daquela tribo, Hamid enxugou uma lágrima e pediu humildemente a Saif que o desculpasse pela maneira como reagira pouco antes, movido pela ignorância.

— Que Alá te abençoe — acrescentou. — E já que me ofereceste ajuda, eu gostaria de saber de que maneira minha humilde pessoa poderia se beneficiar com tua presença.

— Para começar, quero que escolhas uma de minhas sombras... a que te parecer mais conveniente.

— Ainda não compreendi muito bem em que consistem as sombras a que te referes, pois, como tu podes imaginar, pouco tem sido meu contato com esses... objetos. Venho de uma cidade pequena, onde as sombras de maior porte são projetadas por modestos edifícios e parreiras, não as havendo de envergadura imponente, como as que nascem junto aos grandes palácios ou árvores frondosas, muito embora existam algumas de agradável frescor, produzidas pela folhagem das parreiras às quais já me referi — disse Hamid, satisfeito consigo mesmo por se expressar numa linguagem rebuscada, que tentava imitar a de Saif, muito útil, aliás, pensava ele, nas transações comerciais, quer se tratasse de sombras ou de tâmaras, camelos e outras quinquilharias, tão necessárias à humana sobrevivência, mas de menos importância se comparadas às necessidades da alma, estas sim, preciosíssimas, embora em certos momentos as relativas ao corpo lhe trouxessem, quando satisfeitas, uma alegria que beirava o êxtase, especialmente as concernentes a uma tal de Amina, mulher de um velho caravaneiro, o qual, além de se ausentar por longos meses, em viagem, continuava ausente quando no leito, com sua esposa.

Por um momento, Hamid considerou que aqueles pensamentos e a linguagem de que eram feitos lhe chegavam de fora, pois seu nível de instrução não lhe permitiria atingir tão elevado nível. E deixou escapar um grito ao ver que Amina surgira atrás de Saif, sorridente e nua.

— Afasta de tua mente essas fantasias pecaminosas — disse o mago, rindo. — Tais pensamentos penetram em nossa mente como o vento da tempestade pelas frestas de uma tenda; e quando nos apercebemos, nossos olhos, velados pelo embaçamento do desejo, perdem a capacidade de ver o real e passam a enxergar apenas ilusões geradas pela potência incontrolável da luxúria.

— Gostaria de que me aconselhasses na escolha — retrucou Hamid, fazendo-se de desentendido.

— Há muito o que escolher. Sombras de diversos tamanhos, suficientes para cobrir um homem e seu camelo ou uma cidade inteira; sombras individuais ou coletivas, fixas ou semoventes; estúpidas ou dotadas de imaginação e iniciativa, capazes de reconhecer seu dono no meio de uma feira ou no auge de uma batalha; sombras de intensidade fixa ou variável, tecidas com as mais diversas tonalidades do cinza, num crescendo, em direção ao negro do corvo, que, como sabes, tem o dom de imitar a voz humana; sombras ligeiramente matizadas, como as que se encontram nos oásis, sob as tamareiras, ou impregnadas de perfumes exóticos e delicados; sombras que fazem lembrar os bosques de cedros, não pelo formato, mas pela sensação de paz que nos transmitem; sombras furtivas, que embora lá estejam, não se deixam ver por estranhos, ficando o usuário ao abrigo da curiosidade e da inveja; sombras enérgicas, estimulantes, capazes não só de se opor aos rigores do sol (emolientes no que diz respeito à nossa vontade), mas também de nos transmitir a energia das regiões abissais e telúricas, em cujo ventre se gestam os vulcões, apropriadas portanto aos apáticos e derrotados; sombras sussurrantes e musicais, acompanhadas de trinados, murmúrio de riachos e cascatas, assovios do vento e outras artimanhas com que a Natureza nos mantém subjugados; sombras odorantes, a destilar perfumes sutis e inebriantes, adjunto poderoso no desenrolar de adejos líricos e arrebatamentos sensuais, capazes de levar a mais pudica das Aminas a delírios luxuriosos, apaixonantes e definitivos. E se te parecer pouco o que te ofereço, rogo-te que imagines a sombra mais adequada ao teu gosto e às tuas necessidades, e eu terei o maior prazer em criá-la imediatamente e colocá-la onde te aprouver.

— E são para sempre? — quis saber Hamid, cuja admiração não parava de crescer.

— Não... Infelizmente, nada sob este céu de Alá, o Eterno, é para sempre, a não ser nossa alma, que, uma vez liberta das agruras deste mundo, ilusório e perecível, já não necessitará de sombra alguma, a menos que seus pecados a façam descer à região da escuridão perpétua, a mais sombria das sombras.

— Entendo. Pensei que tua ajuda fosse definitiva — lamentou Hamid, decepcionado.

— Não te preocupes. Embora as sombras tenham um termo, a duração dos sentimentos que despertarão em ti é imprevisível e talvez se estenda até o fim de teus dias.

— Trata-se, portanto, de um grande benefício, e eu não consigo atinar com a razão pela qual tu o concedes a um homem simples, tão sem méritos, como eu. A menos que pretendas cobrar alguma quantia.

— Absolutamente. Embora não o saibas, tens acumulado muitos méritos aos olhos de Alá e daqueles poucos a quem Ele concedeu o dom de ler no rosto de seus semelhantes.

— Alá te abençoe por essas palavras generosas. Se és um mercador de sombras, eu presumo que tu as oferecerás a meus companheiros...

— E terão que pagar por elas.

— Mas se revelarmos o segredo a todos de uma vez, correrás o risco de que te condenem pela prática da magia. Como retribuição ao teu gesto, eu proponho que confies em minha natural habilidade, uma vez que sou considerado um mestre na arte da futrica. Destilarei o segredo, gota a gota, e quando eles se derem conta o acampamento estará inundado... ou melhor... sombreado.

— Aceito a proposta, sob a condição de que recebas uma boa remuneração.

— Não me ofendas dessa maneira, em nome de Alá, que nos orienta com sua sabedoria — exclamou Hamid, a quem as necessidades do comércio haviam ensinado as artimanhas da hipocrisia.

— És um homem bondoso, mas não poderás voltar para a cidade se te dedicares apenas aos teus camelos.

— Vejo-me obrigado a aceitar. Que Alá multiplique tuas posses.

— Só depois de ter aumentado as tuas.

— Gostaria de escolher a sombra imediatamente, mas, se não te opões, conversarei antes com Hababa, minha esposa, pois se trata de algo que diz respeito à família.

— Faze como te parecer acertado. Eu jamais consulto ninguém sobre coisa alguma, pois desde jovem compreendi que uma seta só pode atingir o alvo quando lançada por mão segura e guiada pela intenção de uma única mente concentrada em seus objetivos.

— Tens razão. Afinal, se Hababa não gostar da sombra, nós a trocaremos por outra.

— Infelizmente, isso não será possível. Uma vez escolhida a sombra, terás que conviver com ela até o final do prazo combinado. Estamos lidando com energias muito poderosas e não devemos agir levianamente.

— Que tipo de sombra me aconselharias a escolher?

— Tens filhos pequenos?

— Quatro. O mais novo deixou há pouco de sugar o seio materno.

— Podemos concluir, portanto, que uma sombra fixa é a que mais te convém. Ela flutuará sobre tua tenda, de maneira a tornar o ambiente fresco e agradável. Tens preferência por algum odor?

— Minha mulher gosta muito do perfume de damascos.

— Pois a damascos recenderão as brisas que farão de tua tenda um refúgio semelhante ao Jardim das Delícias. E haverá também, quando o desejares, um suave rumor de folhas ao vento, o murmúrio de um regato e trinados de pássaros, que parecerão próximos ou distantes, solitários ou em bandos, pousados ou em pleno voo, segundo a disposição de tua fantasia. Além disso, e ainda por teus méritos, a sombra será regulável, para que possas aumentar ou diminuir sua densidade. Dou-te, assim, o poder de trazer a noite ao interior da tenda em pleno dia, nublada ou adornada pelo tremeluzir das estrelas.

— Queres dizer que poderemos ver as estrelas através da tenda?

— Não. Vereis as estrelas no interior da tenda, não os astros em sua dimensão propriamente dita, pois não se prestam ao encolhimento, mas uma reprodução tão fiel, que desejareis tocá-las.

— Seria pedir demais que incluísses a Lua?

— Não vos conviria, pois a Lua capta a luminosidade aos mistérios e a reflete numa consistência leitosa, denominada luar pelos poetas, mormente nos dias de sua plenitude, o que, além de vos roubar a sombra, poderia vos transformar em lobisomens, caso vos desse no rosto durante o sono.

— E isso é grave?

— Sim... A menos que vos agrade uivar sobre alguma duna, às sextas-feiras.

— E por quanto tempo nos será permitido gozar dessa benção?

— Um ano.

— Um ano?! — exclamou Hamid com entusiasmo, apercebendo-se a seguir da exiguidade do prazo. Mas receando aborrecer Saif com pedidos impertinentes, agradeceu-lhe mais uma vez. — Hababa ficará muito feliz com a notícia. E agora, se me permites, vou cuidar de meus camelos.

Hamid colocou o turbante, velou o rosto e vestiu o manto, imaginando como seria divertido criar a noite em pleno dia. Saif acompanhou-o até a saída e lhe entregou um ramalhete.

— Mas o que é isto?! De onde surgiram estas flores? Parecem ter sido colhidas há instantes... Preciso me acostumar às tuas surpresas... e manter a boca fechada, para que tu não acabes condenando como feiticeiro.

— Amanhã, ao raiar do dia, a sombra estará sobre tua tenda. As flores são para tua mulher.

Hamid saiu e recebeu em cheio, nos olhos, o brilho do Sol. Pela primeira vez se dava conta da verdadeira intensidade do calor. À medida que ele caminhava, as forças o abandonavam, como se houvesse um orifício em alguma parte do corpo, através do qual a energia se esvaía rapidamente. Ao entrar na tenda, contorceu-se numa ânsia de vômito e caiu desmaiado aos pés de Hababa. Passou o resto do dia murmurando, em delírio, e à noite mergulhou num sono profundo. Sonhou que era um camelo, carregando sobre lombo Hababa e os filhos. Olhou a vastidão à sua frente e pensou que não havia bebido suco de melancia suficiente para chegar ao oásis mais próximo. Hababa praguejou e disse às crianças que ele era em irresponsável, por haver perdido tudo no jogo, motivo de estarem vivendo no maldito deserto. Vergado sob o peso da família e da bagagem, Hamid chorou. Numa lhe ocorrera que um camelo pudesse chorar...

Na manhã seguinte, ao abrir os olhos, viu que Hababa preparava uma refeição. Ela estava vestida com roupas muito leves e a tenda parecia mais fresca do que de costume. Hamid sentiu o aroma de damascos e estremeceu ao se lembrar do que ocorrera no dia anterior. As flores que Saif lhe dera estavam numa jarra e eram a confirmação de que o mago cumprira sua promessa.

— Como te sentes? — perguntou Hababa, aproximando-se dele com um olhar desconfiado.

— Bem... — respondeu Hamid, sorrindo, pois acabara de receber no rosto o sopro de uma brisa.

— Pensei que fosses morrer... passaste muito tempo delirando, disseste uma porção de tolices... mas hoje algumas daquelas tolices realmente aconteceram. Como é possível haver brisa no interior de uma tenda fechada... e rumor de regato, perfume de damascos?! Terei perdido o juízo?!

Hamid contou à mulher, com todas os pormenores, o que havia se passado, sem esquecer o ridículo incidente com o suco de melancia. Quando terminou, Hababa permaneceu em silêncio e depois desandou a chorar.

— Mas o que é isso, mulher?! Devias demonstrar alegria. Durante um ano a nossa tenda será um lugar delicioso e podes estar certa de que todas invejarão nossa sorte.

— Não sei, Hamid... Tudo o que me contaste parece muito estranho. Se ele for um mago, estará praticando atos de infidelidade. De que nos vale ter uma sombra e uma brisa refrescante se nos arriscamos a uma punição terrível, por estarmos unidos a um agente do demônio?!

— Não exageres, Hababa... Saif é um homem culto e bondoso, que exerce o seu ofício em nome de Alá, o Magnânimo, capaz de sondar o coração de seus filhos e de lhes enviar o tão desejado auxílio. Pois é disso que se trata. Hoje Saif nos dá esta sombra repousante; e amanhã, quem sabe, exercerá sua influência para que os Astros e as Esferas nos sejam favoráveis.

— Mas se nem o conheces!

— Que importa isso agora?! — exclamou Hamid, irritado. — Acaso conhecemos a maioria dessa gente embrutecida com quem somos obrigados a conviver?

As crianças ainda estavam dormindo e eles puderam discutir a questão sem interrupções, até que Hababa se deu por vencida.

— Confessa que te sentes bem aqui dentro — disse Hamid, acariciando-a. — Eu diria que nossa tenda já faz parte do Paraíso.

— Sim... É muito agradável. A gente nem tem vontade de sair. Mas estou preocupada. O que vamos dizer às pessoas quando perceberem que nossa tenda é diferente das outras?

— Não diremos nada... Agiremos como se não soubéssemos dos motivos que levaram a essa transformação.

— E se eles nos acusarem de recorrer à magia?!

— Não te adiantes — respondeu Hamid, estirando-se sobre as almofadas e pedindo à mulher que se deitasse a seu lado.

— Não tens que cuidar dos camelos? — perguntou Hababa, sem muita convicção, pois nos últimos tempos ele andava meio arredio e chegava sempre esgotado no fim da tarde, por não estar acostumado ao calor do deserto. — Onde arranjaste dinheiro para comprar a bacia e os potes de barro, cheios de água, que os homens trouxeram hoje cedo?

— Não sei de que estás falando.

A mulher lhe mostrou a bacia de cobre, com tamanho suficiente para acolher duas pessoas sentadas, e uma dúzia de cântaros com água para muitos dias. Enquanto Hamid se divertia, mergulhando os braços e a cabeça na água, Hababa despertou as crianças e as levou para a tenda da irmã. Depois, encheu a bacia e ambos entraram nela, para um banho demorado, que lhes revelou as múltiplas possibilidades do elemento líquido que, além de dissolver as crostas de sujeira, lhes ia ensinando os caminhos de uma sensualidade mais requintada. Pela primeira vez, eles perceberam que a combinação da sombra e da água fresca era fundamental para a conquista da verdadeira felicidade.

— E os camelos? — perguntou Hababa ao ser abraçada.

— Eles sabem cuidar de si mesmos.

Passaram boa parte do dia entregues aos jogos do amor e Hamid bendisse o momento em que encontrara Saif, pois sem o frescor da tenda não poderiam gozar daquele relaxamento que se apossara de seus corpos, agora esquecidos das agruras do mundo exterior, aquele reino de suor e poeira, habitado por bodes fedorentos.

Hababa havia contado a uma amiga, na noite anterior, que Hamid adoecera e por isso ninguém estranhou que ele permanecesse o dia inteiro na tenda. Seus companheiros cuidaram dos camelos e mandaram um garoto lhe entregar o leite produzido pelas fêmeas. Mas embora chamasse Hamid insistentemente, o menino não obtivera resposta. E como ouvisse gritos e gemidos abafados, apressou-se a informar os cameleiros de que Hamid estava muito mal.

Extenuados, Hamid e Hababa adormeceram profundamente. Conduzido pela mão de uma virgem, ele chegou a uma clareira, no interior de um magnífico bosque. Um rio de leite despencava do alto de um barranco, sobre um maciço de pedras preciosas, e formava um remanso, em cujo frescor Hamid mergulhou o corpo exaurido. Um casal de cervos corria ao longo da margem, e os raios do Sol, refletidos pela galhada do macho, dourada, esbatiam-se na folhagem, repercutindo em tons que variavam do verde-esmeralda ao citrino. A virgem despiu-se e mergulhou na espuma, cujo alvor, escorrendo-lhe pelo corpo, acentuou-lhe ainda mais a palidez. Abraçando Hamid, ela transmitiu-lhe um tal frescor que o cameleiro, tomado de súbita euforia, se pôs a rir tão alto que acabou por despertar Hababa, a qual, irritada, espetou-lhe as costelas com as unhas e o arrancou dos braços da virgem, quando esta aproximava os lábios da sequiosa boca de Hamid. O cameleiro fungou, a mulher resmungou e ambos retomaram o sono. Hababa viu-se então mergulhada no mesmo remanso, abraçada ao primo de Hamid, e ali permaneceram, a gozar as delícias do frescor e de outras, que fizeram a adúltera involuntária corar, tanto no sonho como no leito, junto ao marido, que roncava. Quanto ao leite, enviado pelos cameleiros, permaneceu fora da tenda até o anoitecer, mas ao descer pela goela de Hamid estava mais fresco do que as águas da montanha. Abençoado Saif, que, em sua tenda, ria a mais não poder.

Hamid levantou-se bem cedo, no dia seguinte, e foi cuidar de seus camelos, enquanto o calor do Sol era suportável. Sabia que os benefícios proporcionados pela sombra tinham um preço: de agora em diante o sol seria seu inimigo mortal. Os companheiros zombaram dele e fizeram insinuações maldosas sobre os gritos e gemidos provocados pela doença. Hamid sentiu-se aliviado, pois se soubessem que ele adoecera por se expor ao sol seus planos seriam frustrados.

Quando a maioria dos cameleiros se retirou e restaram apenas dois, Hamid olhou para o céu e compreendeu que seria impossível cuidar dos animais naquele dia, no dia seguinte e em todos os dias do ano, porque o sol estaria sempre lá e seria implacável. Decidiu então iniciar a "destilação" de seu segredo e convidou os dois homens a ir à sua tenda, pois desejava lhes falar sobre algo muito importante.

Ao entrar na tenda, os cameleiros ficaram tão admirados com o frescor do ambiente e as outras maravilhas proporcionadas pela magia de Saif, que Hamid não teve nenhuma dificuldade em lhes vender um par de sombras. Pediu-lhes que fossem discretos e os levou à tenda de Saif, onde permaneceram um bom tempo a conversar e a beber suco de frutas gelado. Quando os homens se foram, Saif cumprimentou Hamid por sua habilidade e lhe disse que ele receberia, como pagamento, dois camelos, uma libra de passas secas, duas libras de açúcar, uma peça de tecido do Iaman, cinco libras de mel branco e uma quantia em dinheiro.

— Alá seja louvado! — exclamou Hamid, apertando as mãos de Saif com entusiasmo. — Estamos apenas começando. Com teus poderes e minha habilidade, faremos o sol recuar para bem longe.

— Tenho certeza de que em breve poderás comprar uma bela casa na cidade, onde viverás até a velhice em companhia dos teus.

— Alá é quem ajuda seus filhos por sua graça!

Ao deixar a tenda, Hamid constatou que o calor já estava muito forte e ele teria dificuldade de caminhar ao sol.

— Quero pedir-te um favor, Saif — disse ele, colocando-se à sombra, junto à tenda. — Já não suporto andar ao sol. Tive um desmaio que muito me preocupou. Se me desses ou vendesses uma pequena sombra móvel, eu te agradeceria.

— Em condições normais eu não poderia atender ao teu pedido. Mas em consideração a teus méritos e à nossa amizade, farei o que me pedes. Tomarei de volta a sombra fixa e te darei pequenas sombras individuais. Desejas realmente a troca?

— Não tenho outra escolha — respondeu Hamid, sem ocultar sua decepção por se ver privado da sombra fixa.

— Então entra na tenda.

Saif murmurou algumas palavras, ajoelhou-se e tocou o chão com a cabeça, três vezes. Permaneceu de joelhos por um momento, curvou-se mais uma vez e se levantou.

— Pronto — disse ele, tomando Hamid pelo braço e conduzindo-o para fora. — Já não precisas fugir do sol.

— Alá não abandona seus filhos! — exclamou Hamid, ao se retirar.

Nos dias que se seguiram, o acampamento inteiro já sabia da existência das sombras e a tenda de Saif mais parecia uma barraca de mercado, rodeada por dezenas de pastores e caravaneiros, que aguardavam o momento de ser atendidos.

Essa movimentação inusitada não poderia passar despercebida a Abul, que, ao se inteirar dos motivos de tamanha celeuma, viu confirmadas as revelações do sonho que tivera. Sua primeira reação foi ordenar a todos que voltassem ao trabalho, mas, ao se aproximar da tenda, compreendeu que a situação escapara ao seu controle. Os homens riam e conversavam animadamente, com uma alegria quase infantil. Alguns haviam tirado o turbante e o *litam*, mas não pareciam afetados pelo intenso calor.

Abul abriu caminho com alguma dificuldade, pois ninguém notara sua presença. Ao chegar à entrada da tenda, foi envolvido por um frescor e um perfume tão intensos que por um momento julgou ter entregue a alma a Azrail, o anjo da morte, e já se encontrar nos jardins revelados pelo Profeta.

Hamid circulava entre os homens, segurando uma enorme bandeja de prata, sobre a qual havia taças de cobre polido, cestinhos com pão, queijo, ervilhas e favas torradas, pistácios e uma jarra com suco de frutas gelado. Ao topar com Abul, afetou naturalidade e mal pôde conter as lágrimas quando o chefe lhe pediu um punhado de favas e uma taça de suco.

— Pelo que vejo, estás interessado em adquirir uma sombra — disse Hamid, tentando ser agradável.

— Devemos aproveitar a ocasião que Alá nos oferece — respondeu Abul, com uma expressão que intrigou Hamid. — Enquanto estivermos expostos ao sol seremos apenas um bando de bodes fedorentos. Os grandes impérios só podem surgir à sombra...

— Bodes fedorentos! — exclamou Hamid, surpreso com a coincidência entre o que acabara de ouvir e as palavras de Saif.

Embora forçasse o riso, enquanto servia o suco a Abul, sentiu novamente o pânico que se apossara dele ao conhecer o mago. Aquele homem que agora lhe falava nada tinha a ver com o Abul enérgico e voluntarioso, sempre disposto a descarregar sua ira sobre quem se afastasse dos ditames por ele impostos à tribo.

Hamid imaginou que o outro estivesse apenas sondando a situação, por achar que a influência de Saif pudesse levá-lo a perder a liderança. Sempre que algum membro da tribo ousara enfrentá-lo, Abul reagira com uma dureza que beirava a violência. Um dos rebeldes fora expulso do acampamento e acabara por morrer nas areias escaldantes, sem que ninguém se atrevesse a contestar a decisão de Abul, que herdara o posto de Saad, seu pai, cujo temperamento, embora firme, jamais chegara à exaltação. Era amado pela tribo, o que garantiu a ascensão do filho, embora este não fosse muito bem-visto pela maioria dos anciãos, que o consideravam por demais impaciente e desprovido de bom senso.

— Saif é o nosso benfeitor, o homem que faz retroceder o sol — prosseguiu Abul. — Eu o vi em meus sonhos e estou seguro de que nos trará inúmeros benefícios.

— Certamente... Ele é um homem extraordinário... e... bem... quando eu o conheci, percebi imediatamente...

Saif acabara de ver Abul e pediu aos homens que saíssem da tenda, para recebê-lo condignamente. Abul tirara o turbante e o *litam*, que pusera sob o braço, e os deixou cair ao estreitar o mago com brandura e cordialidade.

Hamid não gostou de ter sido instado a sair da tenda e sentiu um certo ciúme de Abul, chegando a pensar que o mago dispensaria seus serviços, por ter se apossado não só da vontade como da personalidade inteira do chefe, o qual, ao término da reunião, tinha uma expressão de beatitude que beirava a estupefação. Mas não pôde conter o riso ao constatar que bastara a Saif uma simples conversa para transformar o leão numa gazela. Concluiu que sua lábia não poderia ser facilmente substituída pela prosa de Abul. Contudo logo se deu conta de que Saif não mais necessitaria de sua lábia, pois as sombras haviam se tornado um sucesso absoluto.

Abul já havia se afastado quando parou e retornou para falar com Hamid. Segurando-lhe o braço, agradeceu-lhe por ter ajudado Saif de maneira tão eficiente. Depois inclinou a cabeça e se foi. Hamid esbofeteou a própria face e admitiu que Saif talvez fosse mesmo um demônio.

— Que Alá, Senhor das criaturas da Luz e das Trevas, nos proteja — murmurou, caminhando em direção à própria tenda, acompanhado pela sombra que, de repente, zurrou, assustando o pobre cameleiro.

— Maldito Saif!

Com a costumeira voracidade, o passado engoliu dias, semanas e meses, até que o acampamento se tornou conhecido em todo o deserto de Nicer como "a região das sombras". Caravanas desviavam seu curso, desprezando a acolhida de oásis outrora vitais, e se detinham no acampamento por vários dias, como se o lugar exercesse um grande fascínio sobre as pessoas e até mesmo sobre os animais, que ao se aproximarem dos arredores já se mostravam dóceis e repousados.

O círculo de tendas dobrou rapidamente de tamanho, em meio ao burburinho provocado por artesãos, pastores, cameleiros, caravaneiros, mulheres, crianças e animais, que se movimentavam em todas as direções, numa animação que durava até depois do anoitecer, ao redor de fogueiras que jamais se extinguiam, apesar de alimentadas com uns poucos gravetos. E essa movimentação levou Saif a considerar que já era tempo de alterar um pouco mais os costumes daquela boa gente.

Aconselhado pelo mago, Abul ordenou aos homens que levantassem acampamento, uma vez que as pastagens estavam se tornando escassas. Contudo, em vez de avançar pelos caminhos do deserto, retiraram-se para uma região menos árida, margeada por uma pequena floresta e cortada por um ribeiro, que lhes pareceu ideal para a construção de uma aldeia. O conselho dos anciãos se opôs vivamente a essa ideia, mas o entusiasmo dos demais era tão grande que os velhos não puderam evitar o que consideravam o início de um desastre.

O lugar parecia acolhedor, refrescado pela aragem que lhe chegava da floresta, à qual Saif acrescentou perfumes variados e trinados de pássaros que atraíram enorme quantidade de aves. Os recém-chegados puderam se fartar não só de musicalidade como de tenras carnes, assadas nos espetos e acompanhadas por generosas doses de vinho. Tamareiras erguiam-se na orla da mata e ofereciam tamanha quantidade de frutos que todos se puseram a imaginar um futuro ameno e pleno de doçuras. Animais silvestres deixavam-se capturar sem resistência, como se estivessem hipnotizados; aves despencavam do céu e se debatiam em agonia, para acabar no fundo de algum caldeirão.

A floresta fornecia madeira de diversos tipos, das mais tortuosas, destinadas ao fogo, às que se prestavam à produção de colunas, vigas, tábuas, portas, janelas e outros objetos de grande serventia. Havia apenas um senão: a insuportável algaravia dos animais a atormentar os ouvidos acostumados ao silêncio. Bastou, contudo, uma queixa de Hamid para que o mago fizesse baixar o volume das vozes, sem lhes retirar o encanto.

Em pouco tempo, o aduar foi substituído por ruelas improvisadas e tortuosas, ao longo das quais as casas de *tabiya* (taipa) conviviam pacificamente com as tendas remanescentes. Animados pela febre desse inesperado progresso, os membros da tribo iam abandonando sem pesar a vida nômade. Seus hábitos rudes, desenvolvidos pela convivência com a aridez das vastas planícies, onde nada se erguia entre os olhos e a linha do horizonte, deram lugar ao relaxamento e à indolência. Seus ouvidos, sempre atentos, capazes de captar qualquer ruído suspeito, entregavam-se com renovado prazer aos sons de tamborins, flautas, alaúdes e harpas; e as gargantas, acostumadas aos gritos de comando, às intermináveis discussões e aos brados de guerra, afeiçoavam-se ao canto e se rendiam ao bocejo, que se tornava mais longo a cada dia, à medida que se renovavam os prazeres.

Infelizmente, os benefícios dessa transformação não podiam chegar a todos. Muitos não estavam em condições de adquirir uma sombra, cujo preço aumentava, segundo as leis milenares da oferta e da procura. Assim, os que possuíam uma sombra, desejando gozar ao máximo seus benefícios, empurravam para os menos favorecidos as tarefas mais pesadas e desagradáveis. Os camelos não se davam bem à sombra constante, sob a qual adoeciam, e necessitavam das areias quentes, mais propícias ao desenvolvimento das crias. Além disso, tinham predileção pelas águas salobras e não podiam viver sem as folhas e os rebentos dos arbustos que cresciam nas regiões áridas. E como o acampamento se encontrava agora na orla do deserto, os encarregados de conduzir os animais às pastagens eram obrigados a percorrer longas distâncias ao sol.

Podia ocorrer que um homem conseguisse viver à sombra com sua família, por algum tempo, até que seus negócios começassem a andar mal e ele se visse obrigado a consumir todos os seus bens para manter a regalia. Por fim, sem recursos, ele e os seus eram expulsos das áreas sombrias e só conseguiam sobreviver embrenhando-se na mata, região inóspita e desconhecida. Era fatal, portanto, que o privilégio das sombras, gerando ódio e inveja, acabasse por destruir a *assabia*, o espírito do clã e da família.

Pouco tempo depois da mudança, uma fonte brotara no centro do acampamento com tal abundância de água que Abul fora obrigado a remover sua tenda. Mas em vez de encarar o estranho acontecimento como um presságio funesto, ele agradeceu a Alá por mais essa benção, que lhes possibilitaria construir cisternas e piscinas.

Quando as casas haviam substituído a maioria das tendas, restando apenas as ocupadas pelos anciãos, que viviam afastados, Saif já se tornara senhor absoluto da aldeia. Abul desempenhava um papel secundário, que ele, no entanto, cumpria com satisfação, pois grande é a capacidade que tem o ser humano de se justificar e engrandecer a seus próprios olhos. O mago exercia sua tirania com sutileza e encanto irresistíveis, despertando a admiração até mesmo naqueles que eram condenados ao sol. As mulheres lhe apresentavam seus filhos recém-nascidos, para que ele os abençoasse, e os bravos guerreiros de outrora baixavam os olhos ao cruzar com ele, como que dominados por uma energia irresistível.

Nem todos, porém, tinham se deixado enfeitiçar. Alguns anciãos, entre os quais Saad, o pai de Abul, reuniam-se com certa frequência e lamentavam a desgraça que se abatera sobre eles. E procuravam um meio de se livrar de Saif, antes que o mago acabasse por arruinar de vez o espírito do clã.

Embora não fosse dado aos jovens o privilégio de participar das reuniões dos mais velhos, e muito menos do Conselho dos Anciãos, Abdul, filho de Abul, era convidado algumas vezes, por seu avô, pois um dia deveria substituir o pai no comando da tribo. Depois de ouvir inúmeras queixas contra Saif, decidiu se aproximar do mago, para sondá-lo e tentar descobrir suas verdadeiras intenções ou algum eventual ponto fraco.

O encontro se deu a certa distância do acampamento, pois o mago tinha por hábito afastar-se do grupo, a fim de renovar suas forças e praticar novos exercícios atinentes à magia. Enquanto se aproximava de Saif, Abdul notou que um falcão desenhava arabescos no céu, como se procurasse uma presa. O mago, que fingira não perceber a presença do jovem, acompanhava os movimentos da ave e no exato momento em que Abdul estava a poucos passos de distância deixou escapar um longo assovio. O falcão mergulhou a toda velocidade, roçou a cabeça de Abdul, despenteando-lhe os cabelos, e foi pousar no braço que o mago erguera para recebê-lo. O jovem notou que Saif não usava luva nem qualquer proteção, e, embora as garras do falcão fossem grandes e afiadas, envolveram o braço com delicadeza, semelhando os dedos de uma mulher. A ave olhou para Abdul, moveu a cabeça, para cima e para baixo, e Saif se pôs a rir.

— Ele gostou de ti — disse o mago, erguendo um pouco mais o braço, o que provocou na ave ligeiro desequilíbrio e um consequente movimento das asas, uma das quais tocou o rosto de Abdul. — Queres segurá-lo?

— Receio que, por não me conhecer, tenha comigo menos delicadeza.

— Não temas... Ele sabe reconhecer um bravo e não te fará nenhum mal.

O jovem esticou timidamente o braço e o falcão saltou sobre ele.

— Não sinto peso algum. É como se não existisse...

— Ergue teu braço e deixa-o ir.

Abdul obedeceu, a ave ganhou novamente o espaço, revoluteou a pequena distância, soltando guinchos estridentes, e, de repente, se desfez no ar. Um punhado de plumas desceu suavemente e pousou nos ombros do jovem.

— Vossos poderes causam-me perplexidade e minhas pernas sugerem que me ponha a correr, para evitar algum inesperado malefício.

— Em vez de agasalhar o medo, podias decidir-te a aprender comigo os rudimentos desse poder. Sobra-me tempo e eu me sentiria feliz em te revelar alguns segredos a mim confiados.

— Agradeço-vos, mas não me sinto preparado para tal empreitada.

— Recebeste de teu pai excelente educação e te expressas como um adulto dotado de sabedoria.

— Quem se encarrega de minha educação, na verdade bem modesta, é meu avô Saad. Venho ao vosso encontro sem o seu conhecimento, pois se zangaria se o soubesse.

— E a que devo tal interesse?

— Ouço dizer coisas a vosso respeito e gostaria de saber, de vossos lábios, em obediência à verdade a que somos obrigados, segundo os ensinamentos do Profeta, o que vos trouxe ao nosso acampamento. Não creio que sejais movido apenas pelo desejo de lucro. Visto que tendes o poder de manipular as sombras, pergunto-vos se pertenceis ao reino das trevas, das quais aquelas decorrem, embora o nome do Altíssimo seja presença constante em vossos lábios. Se vindes da parte dos demônios, o que hoje aparentemente nos beneficia acabará por nos trazer algum malefício. Se confirmardes minha suspeita, peço-vos que me reveleis que mal cometeu nossa tribo para merecer tal punição. E, em caso afirmativo, o que nos compete fazer para que nos deixeis em paz.

— Viesse eu pelas mãos dos demônios — contestou Saif, rindo —, não seria a mim que deverias apelar, pois afirmou o Profeta: "Deus vela por seus servos". E disse o Senhor a Lúcifer, quando este se negou a prostrar-se diante do ser humano, por ser este feito de argila: "Tu não exercerás poder algum sobre Meus servos, a não ser sobre os que te seguirem dentre os que se deixem seduzir". Estás insinuando que a tribo se deixou seduzir?!

— Não sei... Não tenho clareza sobre coisa alguma.

— Acalma teu coração, Abdul. Os que me consideram mago são ignorantes e desconhecem a fonte de poder que nos vem do Alto. Meu único desígnio é trazer a paz e minorar o sofrimento dos que penam sob o sol, tornando-lhes a vida mais suportável. Sugiro-te que voltes para casa, antes que teu pai dê por tua falta. Fosse eu um agente do demônio, não lhe teria abrandado o ânimo para fazê-lo mais cordato. Há quanto tempo não sentes o peso de sua mão no teu lombo?

— Desde que chegastes ao acampamento.

— Vês?! Agora vai em paz e não dês ouvidos aos maledicentes e suspeitosos. Pois disse o Profeta: "Ó, crentes, evitai, na medida do possível, a suspeita, porque algumas suspeitas constituem pecado. Não vos espieis nem vos delateis mutuamente...".

Indeciso e envergonhado, Abdul fez o *salam* e voltou para casa.

Alguns dias depois, Saad enviou um menino à procura de Abul, para lhe ordenar que participasse de uma reunião. Abul morava numa casa sólida, com vários cômodos, estrebaria e depósito subterrâneo de grãos. As paredes das salas eram ornadas com figuras de gesso e pedacinhos de cerâmica em cores vivas, que lhes davam a aparência de um jardim. Numa das salas, uma cubeta de mármore despejava água numa piscina rodeada de almofadas confortáveis, nas quais Abul e seus amigos se deitavam, um para ter os cabelos e a barba raspados pelo barbeiro, segundo o uso nas grandes cidades; outro, demasiado obeso, para que lhe tirassem um pouco de sangue com ventosas; e um terceiro a fim de receber uma fricção ou uma boa massagem depois do banho.

Quando o garoto foi introduzido na sala por uma criada, Abul estava na piscina com duas de suas mulheres. Tinham bebido vinho de palmeira e nadavam nus, rindo e falando em voz alta.

— Vosso pai vos espera para uma reunião — disse o garoto, um tanto embaraçado.

— Não vês que estou ocupado?!

— Vem cá, meu queridinho... — chamou uma das mulheres.

— Eu tenho um recado para o senhor meu sogro.

O menino se aproximou, timidamente, e a mulher o puxou para dentro da piscina. Abul deixou que ele se debatesse, engolindo um pouco de água, e depois o jogou para fora.

— Dize a meu pai que estou cuidando de um assunto de família — gracejou Abul. — Irei assim que o tiver concluído.

Abul levou mais de uma hora para se pôr a caminho, pois as reuniões do Conselho o aborreciam. Aqueles velhos idiotas se negavam a aceitar o progresso e repetiam sempre as mesmas frases sobre a tradição e o espírito do clã. Ao sair de casa, percebeu que a sombra individual não estava acima de sua cabeça e ficou irritado, pois se cansara de recomendar às mulheres que não emprestassem as sombras a ninguém.

Quando entrou na tenda de Saad, estava exausto. Os anciãos o olharam com desdém, pois já não reconheciam nele o guerreiro de outrora.

— Vejam só! — resmungou seu tio Yussuf. — Parece um camelo sedento e assustado.

— Senta-te aqui, filho — atalhou Saad, antes que o irmão se deixasse levar pela ironia. — Desata as vestes para te refrescares um pouco.

— Como pode ele se refrescar se a tua pobre tenda não está à sombra nem tem cuba de mármore e piscina? — prosseguiu Yussuf, rindo.

Envergonhado, Abul desatou o *litam* e tirou o turbante. O calor no interior da tenda era insuportável, mas os anciãos pareciam não dar por isso.

— Somente Alá sabe o que está certo — respondeu Abul, antes de beber a água que o pai lhe oferecia.

— Não uses o santo nome do Senhor para ocultar teus erros — disse o caravaneiro Zantut, sem no entanto demonstrar irritação.

— Se continuares a te comportar como um parvo, seremos obrigados a te destituir — acrescentou Yussuf. — Passas demasiado tempo à sombra, naquela maldita piscina, em companhia de tuas mulheres, todos nus, como se estivesses com prostitutas! E não te atrevas a castigar o garoto que nos deu essa informação e que uma daquelas desavergonhadas fez cair na piscina. É esse o exemplo que pretendes dar à geração de teus filhos?!

— Não sei que histórias o menino...

— Cala-te! Além de estúpido, me pareces cada dia mais cínico. E engole esse teu risinho irônico, antes que eu te quebre os dentes!

Abul tossiu e se encolheu, pois conhecia muito bem o peso daquele punho que o ameaçava. Os anciãos permaneceram em silêncio, à espera de que ele se recompusesse. Abul respirava com dificuldade; e, ao erguer o olhar, fitou algum ponto distante, para além das paredes da tenda, perdido nas vastidões de seu próprio estupor.

— Rogo-vos que me perdoeis — disse, finalmente, retornando ao corpo. — Jamais imaginei que uma simples caminhada pudesse me deixar neste estado...

— A sombra do maligno toldou-te os olhos e a razão — interrompeu Abu Muça, o mais velho dos presentes.

— Não sei por que vieste aqui — atalhou Yussuf. — Nenhum argumento poderá justificar o mal que nos causaste.

— Mas eu nada fiz, senão atender aos anseios de nossos companheiros!

— Um verdadeiro líder não deve se preocupar com anseios e outras ninharias que a cobiça faz germinar em cérebros desocupados, e sim com a preservação do espírito do clã, a unidade da tribo. Essa é a força interior que nos tem mantido ao longo dos séculos sobre o lombo de nossos camelos, cruzando as vastidões arenosas do Nicer, sem jamais curvar a cabeça a outra autoridade que não seja Alá, Senhor da Terra e de tudo o que repousa em sua superfície — disse Al-Hajjaj, o poeta.

E muito mais teria dito, se não o interrompesse o rugido que se desprendera como uma rocha e agora descia as vertentes da ira de Abu-Hachim, um ex-salteador regenerado, mas ainda temido por sua influência junto aos antigos companheiros.

— Perdoa-me por interromper tuas sábias palavras, Al-Hajjaj, mas a impaciência me arranha as entranhas e eu não pretendo perder o dia tentando meter algumas verdades na cabeça desse tolo, com todo o respeito devido a seu nobre pai — vociferou Abu-Hachim, erguendo-se com o apoio de um cajado. E, olhando para Abul, acrescentou: — Não compreendes que o luxo se apodera da alma incauta, e, enquanto ela se distrai com mil detalhes sedutores, lhe transmite uma série de ilusões que a afastam do caminho e acabam por arrojá-la no inferno?! Nossos homens perdem a retidão e se entregam à luxúria... cobiçam a mulher alheia, buscam meios ilícitos de ganhar a vida. E onde antes havia coragem, honestidade, camaradagem, amor ao clã e à família, hoje colhemos medo, trapaça, ódio, rivalidade, inveja e outras paixões repelentes, que acabarão por nos arrastar à violência e à vilania!

— Não sei como poderemos remediar o que insistis em considerar um mal e que, a meu ver, nos trouxe benefícios — contestou Abul.

— Já não nos importa a tua opinião — prosseguiu Abu-Hachim. — Caíste em demência ou estás possuído pelo demônio, enamorado das sombras, diluído nas águas turvas de tua própria ignorância! Decidimos nos livrar desse homem perigoso, desse *lazik* (intruso); e eu juro, à fé de muçulmano, que se tentares nos impedir serás destruído!

— Mas não poderemos sobreviver sem as sombras! — exclamou Abul.

— Se as repudiarmos com veemência, o sol nos será benigno... Ele sempre fez parte de nossas vidas — ponderou Saad, rompendo o silêncio que se impusera por se sentir envergonhado pelo comportamento do filho.

— Saif é um homem poderoso e não se entregará facilmente! — insistiu Abul.

— Creio ter a solução — disse Aby Sufian, um caravaneiro muito respeitado por suas ideias engenhosas. — Contra a astúcia da serpente, usaremos a flauta do encantador. Mandaremos buscar, numa aldeia distante, um mago mais poderoso que Saif e o introduziremos secretamente em nosso meio. Ele se encarregará de aniquilar o indesejável.

— Mas estaremos transgredindo a lei! — contestou Saad, a quem repugnavam os meios ilícitos. — Não vos esqueçais do que disse o Profeta: "Mas os demônios agiram com infidelidade e ensinaram aos homens a magia e tudo quanto havia sido revelado a Harut e Marut, os anjos de Babel. Estes não instruem quem quer que seja sem antes alertá-lo: nós aqui nos encontramos para te tentar; não sejas, portanto, infiel".

— Dizes bem — observou Aby Sufian, com uma ponta de ironia. — Mas essa mesma passagem a que te referes também afirma que Harut e Marut jamais prejudicam uma pessoa, a menos que Alá o permita. De onde se conclui que, em certos casos, Deus pode dar consentimento aos referidos anjos para que ajam em detrimento de alguém!

— Por outro lado — acrescentou Abu-Hachim —, não pretendemos fazer mal a Saif, a menos que se considere que livrar alguém de seus piolhos signifique prejudicá-lo.

Os anciãos riram e, convencidos pelos argumentos expostos, decidiram pôr em prática a ideia, desde que se buscasse a aquiescência de Alá, a quem pertencem a glória e o poder. Abul não teve outra alternativa a não ser concordar, embora secretamente lamentasse as consequências de tal decisão. Antes que ele deixasse a tenda, todos juraram manter segredo e colaborar no que fosse necessário para seu êxito.

Ao voltar para casa, Abul se viu tentado a revelar a trama a Saif, mas pensou na reação dos anciãos e no possível castigo que lhe adviria do Alto se o Conselho tivesse razão. A decisão o aborrecia, porque voltar à vida anterior lhe parecia uma inconcebível estupidez. Seu pai se convertera num pusilânime, a liderar um punhado de ignorantes, que não sabiam reconhecer uma oportunidade tão rara. Não poderia sequer falar com suas mulheres, pois aquelas tagarelas se poriam logo a choramingar e a amaldiçoar o dia em que o Senhor as pusera no mundo. Abul pediu aos anjos que inspirassem os anciãos, para demovê-los daquela ideia estúpida.

— Que Alá os castigue por sua soberba e que o sol lhes queime os miolos, incapazes de produzir qualquer ideia inovadora — murmurou, apressando o passo, para fugir à inclemência do dia.

Mal entrou em casa, as mulheres quiseram saber detalhes sobre a reunião e ele respondeu que os velhos haviam lhe pedido contas da última venda de camelos, acusando-o de desleixo e criticando-o mais uma vez por sua vida folgada. Elas deram de ombros e, em meio a risos e brincadeiras, o conduziram à piscina.

Tão bem guardado ficou o segredo que algumas semanas depois, quando o segundo mago chegou à aldeia, nenhum dos membros do Conselho se deu conta de sua presença. Era um velhinho de aparência humilde e vestia uma roupa surrada, mas não gasta o suficiente para chamar a atenção sobre sua pobreza. Apresentou-se a Saad como um *tauab*, um trabalhador braçal que se dedicava à construção de casas de taipa. Saad lhe disse que estava satisfeito com sua tenda e ali permaneceria até a morte, ainda que todas as tendas do acampamento fossem substituídas por palácios.

— Alá preserve tua sabedoria! — exclamou o velho, rindo, com todas as gengivas à mostra, pois era desdentado como um pássaro. — E que jamais sejas sepultado em vida numa casa de pedra e cal.

— Se pensas assim, por que razão te tornaste um *tauab*? Deus se compraz não somente com a verdade que dizemos aos outros, mas, sobretudo, com o que dizemos a nós mesmos.

— Se amas a verdade, não me tomes por um *tauab* — respondeu o velho, abrindo a mão direita diante dos olhos de Saad, que mal tiveram tempo de ver a pomba materializada entre os dedos do velho, e que sobrevoou os telhados e desapareceu no céu.

— Por Alá! — exclamou Saad, surpreso. — Não gastes o teu estoque de maravilhas comigo, pois é a outro cliente a que elas se destinam. Temos que ser discretos, porque o inimigo é poderoso.

— O segredo faz parte da magia, mas só um aprendiz se escraviza a ele. Prefiro derrotar o inimigo a céu aberto a rastejar nas sombras, como as serpentes.

— E é justamente com sombras e serpentes que estamos lidando. Mas não as subestimes, pois, se tu falhares, estaremos condenados para sempre.

— Jamais digas "para sempre", pois somente Alá, que regula a duração das noites e dos dias, sabe o que isso significa.

— Engulo minhas palavras... Como te chamas?

— Neste caso, sim, é melhor manter segredo. Escolhe o nome que te aprouver.

— Jafar. Te parece bem? Ótimo. Procura Abul, meu filho. É o chefe do acampamento, mas se aliou ao inimigo e não merece confiança. Para ele, como para os demais, serás apenas um *tauab*.

A casa em que Jafar se instalou era pequena, mas dava para um quintal parcialmente coberto por uma videira, cujos sarmentos se derramavam numa latada. A baixa estatura do mago o impedia de alcançar os cachos; e como ele estivesse sedento, simplesmente ordenou às uvas que tomassem a iniciativa, limitando-se a abrir a boca para recebê-las, uma a uma. As uvas estavam frescas, e Jafar imaginou que alguma sombra invisível pairasse sobre a casa. Então sentiu o sopro de uma brisa, que lhe murmurou junto ao ouvido: "As uvas te serão amargas, Jafar, e em breve serás consumido por teus poderes". Jafar sorriu e respondeu pausadamente, para que a brisa nada perdesse da mensagem: "A pressa com que tua língua se dispôs a fazer ameaças me dá a medida de tua fanfarronice. Tuas sombras são armadilhas para os tolos, nascidas na mente de um tolo. E o teu sucesso é apenas miragem sobre as areias nas quais em breve estarás rastejando".

Na casa de Saif, Hamid seguia atentamente os gestos do mago, que, sentado num tapete, observava a figura de Jafar refletida numa bacia com água.

— É fantástico! — exclamou o cameleiro. — Se eu não estivesse vendo, jamais acreditaria que a imagem de uma pessoa pudesse ser transportada à distância! Embora sejas um homem perspicaz, talvez não tenhas percebido que existe aqui uma excelente oportunidade de comercialização. Já imaginaste se cada pessoa tivesse em sua casa uma bacia como essa?! Tu farias qualquer coisa aqui e aparecerias ao mesmo tempo em todas as bacias... Com esse sistema, poderíamos aumentar rapidamente a venda de sombras, tâmaras, camelos, tapetes, qualquer coisa enfim que fizesses aparecer nas tais bacias. À noite, quando todos estivessem em suas casas, cansados, reunirias aqui um grupo de músicos, cantores, poetas, contadores de histórias... e as famílias, sentadas ao redor das bacias, veriam tudo ali reproduzido!

— Não digas tolices! — respondeu o mago, sem dar muita atenção às palavras de Hamid.

— Ele está olhando para mim, com um sorriso irônico! — disse o cameleiro, inclinando-se sobre a bacia. — Será possível que nos veja? Afinal, é apenas uma imagem, como num espelho...

A água da bacia se agitou, deixando escapar um gemido abafado, e quando voltou ao normal e figura de Jafar havia desaparecido.

— Diabo! — gritou Saif, irritado. — Por tua causa eu o perdi.

— Pode ter havido alguma interferência — contestou Hamid, temeroso de que Saif o castigasse. — Considerando-se que Jafar se encontra a uma certa distância e que há entre ele e nós um espaço aberto, sua imagem não teria como chegar até aqui, a não ser atravessando esse espaço aberto, creio eu, pois não conheço a arte a que te dedicas... E se algum animal, uma ave de grande porte, digamos... um falcão, cruzasse o espaço aberto no exato momento em que a imagem de Jafar viajasse por ele... poderiam se chocar, o que provocaria uma interferência. Daí o gemido e a agitação da água!

— Por que não te calas?! Já não consigo me concentrar. Mas apesar da tua tagarelice, creio que consegui atingi-lo.

Jafar massageou o pé e se perguntou de onde surgira aquele banquinho no qual acabara de dar uma topada.

— Tens certeza de que esse velhote desdentado é o tal mago a que te referiste? — perguntou Hamid, sem tirar os olhos da bacia, esperançoso de que a imagem voltasse.

— Escuta... Presta atenção! Caiu sobre nós um sortilégio que certamente aniquilará as sombras sob as quais nossos negócios prosperam, se não agirmos depressa. Quero que tomes este punhal e caminhes pela aldeia até encontrar uma árvore cujas flores, de um amarelo vivo, exalam um perfume semelhante ao do agraz.

— O aroma das uvas verdes, com as quais me regalava na infância e que me atormentavam com uma abundância de cólicas!

— Quando encontrares a tal árvore, crava em seu tronco este punhal, sucessivas vezes, até que vejas escorrer uma boa quantidade de seiva rubra. Enquanto te desincumbes dessa tarefa, eu me encarregarei de transferir à tal árvore, por meio de invocações e outros artifícios, o sortilégio a que me referi e sobre o qual não te posso revelar detalhes.

— Se acaso me virem apunhalando a tal árvore, não se dará o caso de me deitarem a mão e me atarem cordas ao redor do corpo, na certeza de que algum demônio se terá apossado de meu juízo?!

— Estarás encoberto pelo manto da invisibilidade — respondeu Saif, irritado. — E agora, vai, antes que o tempo, esse glutão, meta na goela a última oportunidade que nos resta.

O convívio ensinara a Hamid que o bom relacionamento com os magos prospera à medida que cessam as perguntas. Escondeu o punhal sob as vestes e saiu à procura da árvore. Encontrou-a no mercado e lhe pareceu que se movia, confundindo-se com a figura de um ancião de baixa estatura, que levava uma pequena cesta. Mas a sobreposição de imagens durou apenas um instante, e logo a árvore lhe apareceu com toda nitidez, projetando sua sombra numa barraca de frutas.

Aparentemente alheio ao perigo, Jafar colocava algumas frutas na cesta, cantarolando uma canção que falava das alegrias da vida no deserto. Hamid sentiu o cheiro do agraz, sacou o punhal e o cravou no tronco da árvore inúmeras vezes. Quando caiu em si, estava rodeado por uma multidão que ria às gargalhadas.

— Algum problema grave deve ter afetado tua mente para apunhalares com tanta fúria essa melancia — disse Jafar, pousando a mão no braço de Hamid.

Ao ver a melancia em pedaços, o cameleiro desatou a correr, perseguindo pela troça dos mercadores. Ao chegar à casa de Saif, deparou com um homem que falava com o mago, gesticulando e gritando.

— Tens que aceitar de volta a tua maldita sombra e devolver o dinheiro! Minha casa ficou úmida e escura... Não há um só canto que não esteja tomado por cobras, escorpiões, aranhas e outras criaturas, a tal ponto que minha família já não pode permanecer lá dentro.

Saif deu ao homem um punhado de moedas e ele se foi. Hamid não se atrevia a olhar para o mago. Começou a lhe contar o que ocorrera no mercado e foi interrompido por um par de bofetadas.

— Não me leves a mal, Saif, mas não estou entendendo coisa alguma. Ergui o punhal diante da tal árvore e, quando dei por mim, tinha apunhalado uma melancia; um homem grita contigo e ganha um punhado de moedas; e, no que me diz respeito, recebo como paga duas bofetadas, cujo ardor ainda me queima as faces. Não se dará o caso de essa tua magia se ter avariado com o uso, ou de estar o mago esgotado pelo esforço de manter em funcionamento uma tal abundância de prodígios?! Creio que seria prudente abandonarmos a venda das sombras e nos dedicarmos ao negócio das bacias. Acalmaríamos os ânimos dos anciãos, anularíamos as razões que os fizeram lançar mão desse mago intruso e continuaríamos a exercer influência sobre as pessoas. Algo me diz haver grande futuro nessa história de imagens projetadas em bacias!

Preocupado com a devolução da sombra, Saif deixou Hamid a falar sozinho e lhe fechou a porta na cara. Desolado, o cameleiro voltou para casa, ansioso por encontrar Hababa e lhe contar o sucedido.

A mulher se pôs a lamentar o momento em que se haviam deixado envolver pelas artimanhas de Saif.

— Sabes como os anciãos são persistentes. Acabarão por expulsar Saif, cuja cabeça talvez não o acompanhe quando se dirigir às profundezas do inferno! Ai! Que Alá nos perdoe e proteja, pois é quase certo que Saif nos arrastará com ele, por nos termos deixado seduzir!

— Para de choramingar! Estavas bem contente com a tua sombra e não te cansavas de louvar Saif. E não são apenas as sombras as dádivas que ele nos trouxe. Se te agrada a vida que levas e acreditas no que estás dizendo, sugiro que te cales, para não contagiar outras mulheres com teus gemidos!

Hababa correu para o quarto, em prantos, e Hamid buscou, nos escaninhos da imaginação, alguma ideia que os livrasse do triste fim preconizado pela mulher.

Durante algumas luas, Saif e Jafar continuaram a medir forças à distância, o que acabou por transformar a aldeia num pandemônio. Os homens se queixaram a Saif de que suas sombras perdiam qualidade. Um caravaneiro adquirira uma sombra regulável, pois desejava que sua casa tivesse a temperatura do oásis de Tuat, e despertara durante a noite com o choro dos filhos, que tremiam de febre sob um frio intenso. Um mercador devolvera uma sombra que, em vez de perfumar o ambiente com o aroma de tâmaras, exalava um cheiro nauseante de excrementos. Algumas sombras tornavam-se impenetráveis, transformando o dia em noite, e depois não voltavam ao normal; outras desapareciam de um momento para o outro, deixando seus usuários à mercê do sol e às portas da morte. Murmúrios de regatos se transformavam em rugidos; o ciciar de ramagens atraía uma infinidade de insetos; o sopro da brisa apagava candeias e derrubava objetos. Uma sombra se tornou compacta e desabou sobre um telhado, ferindo cinco pessoas; outra enredou um bando de pássaros, provocando uma algazarra insuportável. Em certas casas, o calor era mais intenso embaixo da sombra do que fora dela. Ou então a temperatura baixava subitamente, provocando uma proliferação de fungos, cogumelos e outros parasitas.

Os habitantes da aldeia espirravam, tossiam, expectoravam, lamentando o dia em que Saif chegara ao acampamento. Mas apesar desses flagelos, a maioria ainda alimentava esperanças de que o mago conseguisse controlar a situação.

Saif lançava mão de todos os recursos para atingir o adversário. Num fim de tarde, estava Jafar em companhia de alguns artesãos, a merendar, quando uma cobra de bom tamanho surgiu de entre as pedras e armou o bote para atacá-lo. O velho sorriu e acariciou a cabeça do réptil, que então se retraiu até se transformar num graveto, com o qual Jafar se pôs a esgaravatar os dentes. E como até aquele momento ostentasse um sorriso de gengivas nuas, aos companheiros pareceu maior o prodígio de lhe nascerem dentes na boca do que ter ele transformado a serpente em graveto, razão pela qual o louvaram com mesmo entusiasmo que demonstraram ao fugir.

Em outra ocasião — e isto se deu à vista de todos — o chão se abriu sob os pés de Jafar e produziu um abismo que tragou uma caravana inteira e, de quebra, uma odalisca velhusca e um vendedor de tamborins. Ergueu-se uma tamanha quantidade de poeira que o incidente mais parecia uma tempestade de areia. Grande era o alarido, e maior ainda se tornou quando, ao assentar a poeira, nenhuma cratera se viu no chão e puderam todos constatar que as vítimas presumíveis se encontravam em seus respectivos lugares, sem qualquer abalo em sua circunstância ou saúde.

Naquele mesmo dia, o vento se contorceu num redemoinho que arrebatou Jafar e o arremessou à abóbada celeste com tal entusiasmo que os companheiros o deram por morto. Retornou, no entanto, horas mais tarde, reclinado sobre uma nuvem que, depois de pousá-lo no chão com suavidade e deferência, pairou sobre a aldeia e a brindou com uma chuva de água de rosas.

Dois falcões enviados por Saif com a incumbência de arrancar os olhos de Jafar acabaram por lhe servir de refeição. Uma pequena escultura, que reproduzia a figura do velho, depois de ser atravessada por alguns pregos e receber uma boa quantidade de cuspe acumulada na boca de Saif, enquanto este repetia, mentalmente, uma fórmula malfazeja, entrou a dizer imprecações contra seu criador, afirmando que Jafar estaria a salvo, ao passo que Saif sentiria em seu próprio corpo as lesões que tencionava provocar, a menos que se arrependesse. E isso de fato sucedeu, pois tendo Saif insistido em seus intentos, adoeceu gravemente.

A notícia logo se derramou de bocas a ouvidos e a aldeia se dividiu em dois grupos, cada qual a apostar num ou noutro mago, em transgressão ao recomendado pelo Profeta: "Ó crentes, a bebida que embriaga, os jogos de azar, os ídolos, a superstição e as varetas do adivinho são obras abominosas de Satanás. Evitai-as, portanto, para que prospereis".

Ao tomar conhecimento da jogatina, Saad convocou o Conselho dos Anciãos e este determinou a expulsão de quem persistisse na abominável prática. Os transgressores seriam conduzidos ao deserto e ali deixados, sem água nem camelos que os conduzissem ao convívio de outros muçulmanos.

Estava Saif em seu leito, mergulhado num torpor que se recusava a abandoná-lo, quando recebeu a visita de Jafar. Saif não o reconheceu imediatamente; e tendo Jafar lhe tomado o pulso, julgou que o estranho fosse um curandeiro enviado por Hamid. Jafar o forçou a beber uma caneca de água com algumas gotas de uma poção de efeito instantâneo, e pouco depois Saif estava sentado no leito, alimentando-se com a sopa que o outro lhe trouxera.

— Devo ter cometido algum erro lamentável — admitiu Saif, procurando manter a pouca dignidade que lhe restava. — Teus dons não seriam suficientes para me reduzir a este miserável estado.

— Teu erro consistiu em acreditar que podes agir por ti mesmo, confiado na associação com o demônio.

— Submeti minha vontade a intenso treinamento, e é graças a ela que eu me faço obedecer por homens e demônios — contestou Saif, com arrogância.

— Aos olhos de Deus, tua vontade é uma pétala que oscila ao vento e se dobra aos pingos da chuva — prosseguiu Jafar, entregando a Saif um pedaço de pão untado com mel.

— Exerço minha influência sobre o mundo dos elementos e dos seres criados. Sirvo-me da espiritualidade dos astros e manipulo as faculdades da imaginação sem qualquer ajuda das potências celestes. Conheço o caráter de cada alma e as qualidades que a diferenciam das demais. No momento, sou um fazedor de sombras e atendo aos anseios dos que valorizam esse tipo de mercadoria. Tua interferência, além de indesejada, trouxe o pânico e a desordem a esta aldeia, da qual te aconselho a sair o quanto antes.

— Às vezes, a desordem é necessária para devolver a saúde ao organismo. A ordem e o progresso que trouxeste a este lugar resultam de um encantamento e conduzem à letargia, ao entorpecimento do caráter e da vontade. Sob o pretexto de amenizar o calor do sol, privas esta brava gente do contato com a luz que ilumina e dirige o espírito a seus mais nobres objetivos. As sombras entristecem a alma, induzem ao isolamento, estimulam o egoísmo e incitam ao relaxamento e ao vício.

— Eu não transformo esses ingênuos em algo diverso do que são, mas apenas os conduzo à região oculta de si mesmos. Sabes o quanto é difícil reconhecer os mais insignificantes de nossos erros, o que torna quase impossível penetrar as regiões sombrias de nossa alma. Vermo-nos como realmente somos é uma dura tarefa. Deviam me agradecer pela dádiva de lhes mostrar o quanto são preguiçosos, estúpidos, vaidosos, hipócritas, mentirosos, arrogantes, covardes, insensatos, ignorantes... Encarar essa realidade pode torná-los mais verdadeiros, mais humanos...

— Não tentes me seduzir com tua eloquência! — retrucou Jafar, levantando-se do leito, pois sentiu que as forças de Saif retornavam. — Tu serves aos desígnios do maligno e tuas ações resultam em sofrimento e decepção. Terás que abandonar esta aldeia, pois a ira divina não poupa os sedutores e os hipócritas.

— Ira divina?! — exclamou Saif, rindo. — Não sei a que te referes.

— Não sabes?! — gritou Jafar, agarrando o adversário pelos cabelos e sacudindo-o com violência. — Até agora estive brincando contigo, porque és apenas uma criança mimada, um tolo enfatuado. Maior culpa cabe ao teu mestre, suficientemente estúpido para te ensinar o que não devia. Tua magia não passa de truque barato. Para acabar contigo não é necessária a ira divina... basta que eu me irrite um pouco mais e ficarás reduzido a esterco de camelo, ou seja, à tua natureza mais íntima, filho de um cão sarnento, blasfemo, hipócrita empedernido, fanfarrão, mágico de feira! Se não tiveres levantado acampamento amanhã, ao nascer do Sol, levando contigo tuas malditas sombras, puxo-te as orelhas diante de todos, dou-te uns bofetões, e se não te arrependeres, colho do céu um raio, ainda que o tenha de buscar no inferno, para te fulminar e te reduzir a um montículo da mais insignificante e inexpressiva merda!

Impressionado com a energia de Jafar, Saif se viu abandonado pela retórica e concluiu que só lhe restava partir. Jafar, na verdade, estava se divertindo, mas, para dar ao outro a impressão de que poderia explodir de repente, caminhava ao redor do leito, soltando gemidos de fúria reprimida. Numa última tentativa, Saif lançou sobre o velho um hálito de peste virulenta, que trazia guardando numa caixinha de ébano, mas Jafar o absorveu, com uma inspiração profunda, e o devolveu, transformado em perfume de aloés.

— Não estou em condições de te opor resistência — admitiu Saif, para ganhar tempo.

— Ótimo! Espero que faças uma boa viagem e que não tornemos a nos encontrar.

Com um gesto imponente, Jafar ergueu o *litam* e saiu. O outro permaneceu em silêncio, tentando encontrar uma solução para o vergonhoso impasse, mas acabou aceitando a derrota. Levantou-se e começou a recolher seus pertences.

O amanhecer trouxe uma grande confusão à aldeia. Os animais estavam agitados, as crianças choravam, os homens corriam de um lado para outro e as mulheres gritavam histericamente, como se pressentissem a aproximação de uma calamidade. Em pouco tempo, uma multidão se reuniu diante da casa de Abul bem Mohammed, para saber o que havia acontecido. As sombras tinham desaparecido e o calor era insuportável, até mesmo no interior das casas.

Abul apareceu com as vestes em desalinho, tão surpreso quanto os demais. Pediu à multidão que aguardasse e saiu à procura de seu pai. Retornou pouco depois, acompanhado de Saad e Jafar, que não denotavam qualquer preocupação.

— Silêncio! — bradou Saad. — Jafar tem algo a vos dizer.

Tamanha era a curiosidade de todos que as gargantas emudeceram e os ouvidos se puseram atentos.

— Pouco antes do nascer do Sol, Alá nos concedeu uma grande bênção. Esta aldeia ficou livre da presença de Saif Al-Açad, o mago que vos foi enviado pelo maligno, para quebrantar vossa vontade e diluir vossa bravura.

O silêncio pareceu se adensar ainda mais, para depois explodir numa gritaria selvagem, que se fez ouvir até os extremos da aldeia. Jafar correu os olhos pela multidão e com um gesto displicente lhe impôs silêncio.

— Reagis como crianças às quais se retira um brinquedo, e não como guerreiros dignos da tradição.

— Mas Saif era nosso amigo! — bradou um dos homens.

— Disseste que Alá nos concedeu uma benção, mas, na verdade, estamos perdidos! — exclamou alguém, ao longe. — Sem as sombras, não poderemos sobreviver.

— Sois beduínos... E como vossos ouvidos seguiram o caminho de vossos corações, fechando-se à beleza do que essas palavras significam, terei de gritar, para que se abra vosso entendimento: sois beduínos!

A voz de Jafar ecoou sobre a multidão e alguns homens baixaram a cabeça.

— Os *hadar* (citadinos) vos consideram selvagens, intratáveis e brutais. Mas será isso verdadeiro?! Eles se rendem ao luxo e ao enclausuramento, ao passo que vós preservais a mobilidade, sob a noite refulgente observados pelo olhar complacente da Lua, que vos acaricia com a doçura de seu rocio, esse elemento quase etéreo, restaurador, tão apreciado pelos alquimistas. O sol, que atemoriza e afugenta os fracos, tem sido a ambrosia que vos permite preservar a dignidade num meio considerado hostil por todos os povos. E a única sombra que podeis aceitar, sem risco de entorpecer vosso entendimento, é a que Alá, louvado seja, faz descer sobre vossa cabeça no final do dia, quando vos deitais sob a profusão de estrelas e vos deixais conduzir à região do silêncio. Vossa ingenuidade, contudo, vos atou os pés, que agora deitam raízes neste solo enganoso. Entre vós e o horizonte, onde antes só havia liberdade e aventura, erguestes paredes, atrás das quais vos ocultais como ratos. E não tardarão a surgir muralhas, para vos proteger de outros bravos que não cometeram a imprudência de acolher um enviado do maligno, esse propagador da mentira, mestre da artimanha, bordador de sutilezas...

Por um momento, pareceu a Jafar que eles aceitariam suas palavras, cujo sentido, na verdade, não chegavam a compreender muito bem. O calor excessivo acabou por derrubar um dos homens; e um caravaneiro, ao constatar que ele estava morto, correu à procura da sombra de uma árvore. Alguns o seguiram, outros começaram a esbravejar e avançaram na direção de Jafar, que ergueu os braços e gritou:

— Quereis um mago?! Pois aqui estou eu! Só que em vez de vos trazer de volta as sombras, vos castigarei com um sol cada dia mais inclemente... e vos refrescarei com chuvas intermináveis e uma infinidade de pragas, das quais só ficareis livres no dia em que vos renderdes a mim!

— Traidor! — gritou Abul, fora de si.

— Morte ao intruso! — completou algum.

Erguendo a mão direita, Jafar pronunciou algumas palavras e logo se levantou um turbilhão tão poderoso que lançou vários homens ao chão e encobriu a luz do Sol.

— Aí tendes a sombra! — esbravejou o mago, rindo.

A multidão fraquejava, ondulando sem rumo, e à medida que a fúria do vento crescia, ouviam-se gritos de arrependimento, insuficientes para aplacar a ira do mago, que permanecia em meio ao caos, indiferente ao movimento dos sabres que tateavam à sua procura.

Quando o vento amainou, havia alguns homens caídos no chão, entre os quais Abul, que fora ferido no ombro por um golpe de sabre. Jafar e Saad tinham desaparecido.

Aos poucos, os gritos se desfizeram em murmúrios e depois num silêncio denso, como havia muito não ocorria na aldeia. Não só as vozes humanas se calaram, mas também as das aves e dos animais domésticos e silvestres. De repente, um camelo soltou um urro angustiado e os gritos retornaram, acompanhados pelo movimento desordenado dos corpos, a correr em debandada.

Após alguns dias, até mesmo Saad estava convencido de que Jafar os traíra. O calor castigava a aldeia, impedindo que as mulheres e as crianças deixassem as casas. A água da fonte secou, mas a população não chegou a sofrer com isso, porque as nuvens trazidas pelos ventos das regiões distantes começaram a verter uma chuva constante, que logo se transformou em saraiva e danificou a maior parte dos telhados. Os animais, acostumados à sequidão, adoeciam, sem que ninguém cuidasse deles, pois os homens não se atreviam a enfrentar a chuva, cujas pedras, do tamanho de um punho, poderiam matá-los facilmente.

Quando as primeiras crianças adoeceram, o Conselho dos Anciãos se reuniu, para buscar uma solução.

— Se Alá decide castigar seu povo, nada poderá salvá-lo — disse Al-Hajjaj, o poeta, que acabara de ver um neto consumido pela febre.

— Grande é a benevolência do Altíssimo — ponderou Saad —, e quando o invocamos com verdadeira contrição, Ele nos perdoa e nos encaminha para o entendimento.

— Tu és o responsável por esse desastre, Aby, pois nos garantiste que Jafar era um homem de confiança — disse Abu-Muça.

— Chamamos o lobo para desalojar o chacal e agora não sabemos como nos livrar dele — acrescentou Abu-Hachim.

— Julguei que Jafar fosse um homem ponderado, e agora vejo que ele é pior que Saif — lamentou Saad.

— Tu és o verdadeiro culpado, Abul, por teres admitido que Saif convencesse nosso povo das vantagens de viver à sombra! — vociferou Abu-Hachim. — O que se seguiu é mera consequência.

Enquanto os anciãos deliberavam, Hamid e Hababa, que haviam fugido com Saif e depois se separado dele, tomaram o rumo de um oásis, à procura de um acampamento onde pudessem se refugiar.

— Não devíamos ter deixado as crianças com Safia! — gemeu Hababa. — Só Deus sabe quando as veremos novamente.

— Maldito calor! — gritou Hamid, sentindo que as forças lhe fugiam. — Se ao menos Saif tivesse nos deixado uma pequena sombra... Aquele egoísta, filho de um cão!

Hababa continuou a se lamentar, enquanto Hamid ruminava uma dúvida que lhe surgira pouco depois de deixarem a aldeia.

— Será que aqueles prodígios realmente ocorreram?! — perguntou a si mesmo, em voz alta.

— Como assim?!

— As sombras, as tempestades de areia, o chão se abrindo, Jafar sendo arrebatado pelos ares... Talvez não tenha acontecido nada disso.

— Como podes duvidar de algo que acabou por destruir nossas vidas e nos lançar neste deserto?!

— Espera, mulher... Não te lembras daquilo que contei a respeito do suco de melancia?

— Sim... O que tem a ver o suco de melancia com o que estavas dizendo?!

— Mas é tão claro, Hababa! Não houve prodígio algum... Saif colocou nossos olhos sob um encantamento e nos fez ver o que não existia. E Jafar o derrotou porque seu encantamento é mais poderoso do que o de Saif.

— Como é possível que alguém seja levado a ver e sentir o que não existe?

— Essas coisas fazem parte do reino dos sonhos, a região visitada pelos seres humanos quando dormem. Suponhamos que estejas na tua cama, em noite de Lua cheia, a sofrer uma angústia sem motivo, com o peito oprimido por uma espécie de sufocamento. Adormeces e te vês num maravilhoso bosque, à beira de um regato; e sentes frescor da brisa, ouves o trinar das aves, e de repente acordas com boa disposição e te dás conta de ter visto e sentido o que lá não estava. Ou viajas numa caravana, atravessando o deserto, e eis que surge um oásis. Movimentam-se os camelos naquela direção, mas não se chega ao oásis, porque ele é apenas uma ilusão criada pelo reflexo da luz sobre a areia, segundo concluíram nossos sábios. No caso dos magos, talvez tenham o poder de captar a energia do sono e nos fazer sonhar acordados, ou de manipular a luz diante de nossos olhos, criando reflexos nas areias de nossa imaginação...

— Falas como um poeta, Hamid... É possível que ainda estejas sob o tal encantamento, a repetir palavras pronunciadas por Saif, que nos observa à distância, em sua bacia...

Hamid moveu o corpo de maneira a conduzir o camelo na direção oposta.

— Mas o que é isso?!

— Vamos voltar para casa, Hababa, recuperar nossos bens, nossos filhos...

— O sol deve ter afetado teu juízo!

— O suco de melancia, Hababa...

— Eles vão nos matar, vão nos acusar de infidelidade, por termos colaborado com um mago!

Hamid estava tão ansioso por se livrar do sol que fustigou o camelo e ganhou uma boa dianteira, imaginando o que dizer a Saad para convencê-lo de sua inocência. Hababa mal conseguia acompanhá-lo e gritava, em desespero, com medo de que Hamid a abandonasse.

Entretanto, Jafar divertia-se em sua casa — onde permanecera desde o dia em que falara à multidão —, inventando novos flagelos. Transformava uvas em aranhas, tâmaras em escorpiões, ordenando-lhes que fossem atormentar o povo; intensificava o calor do sol e recomendava aos *djins* que distribuíssem equitativamente, entre a população adulta, insônia, diarreia, vômito e tremores, deixando em paz as crianças, que já haviam sido suficientemente castigadas. Quando se cansou, acendeu uma lamparina e se pôs a ler um alfarrábio, reclinado no leito, até que adormeceu. Acordou um pouco tarde, na manhã seguinte, e enquanto fazia uma pequena refeição, decidiu que já era hora de sair, para ver de perto os estragos causados por sua magia.

Ao abrir a porta, deparou com uma cena que o teria surpreendido se ele não a desejasse intensamente. A rua, sinuosa e estreita, estava abarrotada de guerreiros, vestidos a caráter, com armas em punho. Homens e animais se mantinham em silêncio, respirando com dificuldade sob o sol intenso. Jafar sorriu, encantado com a recepção, e constatou que havia outros guerreiros nas janelas, nos balcões, em cima dos telhados, todos eles com o olhar fixo num único ponto, onde agora o coração do mago batia um pouco mais acelerado, não por medo, mas por ver naqueles olhos uma só determinação.

Obedecendo ao comando de um dos guerreiros, um camelo se adiantou e se deteve diante do mago, que avaliou o adversário e o reconheceu pela expressão doce do olhar, uma vez que seu rosto estava coberto pelo *litam*.

— Parece que não faltou ninguém a este encontro! — exclamou Jafar, rindo.

— Peço-vos, em nome de meu povo, que vos retireis desta aldeia, senhor — disse o guerreiro.

— E com quem tenho a honra de falar? Se vou morrer pelas mãos de um bravo, quero ao menos lhe ver o rosto.

O guerreiro baixou o *litam* e Jafar abriu os braços.

— Abdul! Que surpresa... Ver a criança inocente de ontem ansiosa por beber o sangue deste pobre velho! Não crês, realmente, que essas armas sejam suficientes para me derrotar...

— Desejamos apenas que vos retireis em paz.

— Irei de muito bom grado... com a condição de que respondas a algumas perguntas... e as respostas sejam de meu agrado. Quero ter a certeza de que aprendestes a lição. Concordas?

— Sim.

— Quem sois, todos vós que acabais de surgir das sombras?

— Somos beduínos.

— Isso me parece um tanto vago.

— Somos um povo nômade. Fazemos parte dos Mulatamin...

— Um povo nômade?! — interrompeu Jafar. — Perdoa-me, jamais vi nômades que vivessem em tendas de pedra e cal.

— Essas casas não nos pertencem. Estamos de passagem e nada temos a ver com esta ou qualquer outra das aldeias que nos obstruem os caminhos.

— Ouvi dizer que muitos beduínos se deixaram dominar pela ideia de que o sol lhes faz mal à saúde e trocaram a honra e a liberdade por uma vidinha regalada, à sombra, na qual os prazeres são mais requintados e os vícios se alastram com a rapidez da febre.

— Quem vos deu essa informação certamente confundiu tolos com beduínos. E, como sabeis, somos muito espertos para nos deixarmos ludibriar dessa maneira.

— Posso então concluir que amais o sol.

— Como a maior das bênçãos! Nós o trazemos na pele... e no coração, que por isso está sempre aquecido e pronto para acolher os amigos.

— Tuas palavras são inspiradas, Abdul, pois alguém da tua idade, por mais inteligente que fosse, jamais poderia responder com tamanha sabedoria, a menos que tivesse a seu lado um anjo ou um *djin* a lhe soprar nos ouvidos. Que Deus te abençoe, a ti e ao teu povo, guiando-vos pelas inumeráveis sendas do deserto; que o Sol vos seja benigno... e que à noite a Lua e as estrelas vos inspirem; que vossa descendência seja numerosa e sejam felizes todos os dias de vossa existência, aqui e no Paraíso, onde vivereis eternamente, segundo nos afiançou o Profeta: "A eles pertencem os jardins de Éden, nos quais entrarão com seus progenitores, suas esposas e seus filhos, desde que tenham sido virtuosos; e os anjos hão de entrar por todas as portas, saudando-os".

Mal acabara Jafar de dizer tais palavras, o Sol se tornou mais brando e uma brisa percorreu as ruas. Todos se regozijaram, gritando vivas a Abdul. E depois incendiaram a aldeia.

O HOMEM QUE REMOVEU A MONTANHA

Há milhões de anos, o território no qual surgiria a China já havia sido dividido por uma barreira natural, a cordilheira Tsing-Ling, cujas montanhas chegam a 3 mil metros de altura. Se avançarmos em direção ao leste, veremos que o maciço desaparece para surgir mais adiante e se estender até a península montanhosa de Chantung, que no remoto passado era uma ilha, transformada em península pelas constantes aluviões. Na extremidade da península, onde o mar Amarelo penetra no continente, formando os golfos de Petchili e de Liaotung, erguia-se uma aldeia, conhecida, nos primeiros dias do século XII, como Tsi-Yin e hoje desaparecida. Ficava nas imediações do lugar em que se situa a atual Wei-hai-wei, separada da Coreia pelo afunilamento do mar Amarelo, na entrada dos referidos golfos.

A pequena Tsi-Yin poderia ser considerada, como se diz em nossos dias, um paraíso na Terra. Com algumas centenas de habitantes, crescera num vale encantador, entre duas montanhas, com a peculiaridade de se achar a dois *li* de altura, ou seja, num platô a mil metros acima do nível do mar. O clima era fresco no verão e livre dos ventos leste-oeste no inverno. Recoberto por verdes pastagens e bosques de pinheiros, ciprestes, salgueiros e amoreiras, entre os quais corriam regatos nascidos nas montanhas, que formavam lagos e corredeiras, antes de se precipitar em cascatas e cachoeiras à procura do mar, o lugar era ideal para a criação de carneiros, bois, cavalos, porcos e bichos-da-seda, embora esta última constituísse apenas uma atividade secundária, já que a grande produção se concentrava na região de Seichuan.

Ao redor dos casarões de pedra, pertencentes aos habitantes mais abastados, viam-se dezenas de casas feitas de barro e cobertas com palha, formando ruas estreitas e sinuosas, que acompanhavam os acidentes do terreno e resultavam num conjunto harmonioso, ao qual não faltavam jardins floridos, praças, pomares e pequenos aglomerados de ciprestes e bambus. À medida que se afastavam da praça central, onde ficava a administração do povoado, as casas iam se tornando mais esparsas, substituídas por simples cabanas, já nas áreas rurais, que se estendiam por muitos *li* em todas as direções. O céu era límpido e o ar impregnado com perfumes diversos, tal a abundância de árvores frutíferas, que atraíam aves das mais diversas cores, cujo gorjeio contribuía para o encanto do lugar.

Essa harmonia não se devia apenas ao caráter pacífico e criativo da população, mas principalmente à influência exercida, durante séculos, pelos monges taoistas do antigo mosteiro, situado na elevação mais afastada do mar, conhecida como a Montanha da Sutil Visão dos Cegos, em contraposição à fronteiriça Montanha da Renitente Cegueira de Quem Vê, denominações típicas da ironia taoista, destinadas, no caso, a apoquentar os monges budistas, os tais videntes cegos, que residiam num velho templo, construído na vertente que olhava para o mar. Na verdade, os monges budistas haviam causado tal ironia ao dizer que Tsi-Yin não poderia ser considerada um paraíso perfeito porque uma das montanhas impedia a visão dos golfos. E foi essa situação geográfica, precisamente, que provocou a ruína do povoado.

Estava o Imperador Hui-Tsung no vigésimo ano de seu reinado, em 1121, quando, aborrecido com as constantes incursões de bandidos na região de Chantung e preocupado com o malogro de seus generais em derrotá-los, já que os marginais se organizavam em verdadeiros exércitos de milhares de homens, decidiu deixar seu palácio, em K'ai Fêng, a Capital do Norte, e comandar pessoalmente suas tropas.

A dificuldade em derrotar os ladrões, mesmo que o Imperador enviasse contra eles um exército de 20 ou 30 mil homens, se devia a estarem protegidos pelos acidentes do terreno. Suas fortalezas ficavam no alto de montanhas escarpadas, inacessíveis à cavalaria e praticamente impenetráveis, o que tornava impossível o movimento de tropas numerosas e das pesadas máquinas de guerra. Além de conhecer a região, os bandidos eram exímios guerrilheiros, hábeis em atrair os adversários e dividi-los em grupos menores, para eliminá-los mais facilmente com emboscadas. Por outro lado, as tropas mercenárias dos Song, entravadas pela burocracia, por longos períodos de inatividade e pelo fracionamento das unidades militares, cujo objetivo era enfraquecer o poder dos comandantes contra o regime, não se mostravam aguerridas; e, à medida que aumentava o número de mortos, crescia nelas o amor pela vida, tão arraigado nos chineses, amantes dos prazeres terrenos. Assim, uma batalha que de início parecia levar à derrota dos criminosos poderia resultar em fiasco total, com a debandada de milhares de homens e o desprestígio de seus oficiais. Muitos dos soldados, temerosos de sofrer punição, abandonavam o exército e se convertiam em marginais e ladrões.

    A decisão do Imperador de comandar pessoalmente as tropas convenceu-o de que era mais fácil e conveniente manter os bandidos sob controle do que tentar eliminá-los. Afinal, Hui-Tsung não tinha inclinações guerreiras, pelo contrário, estava mais interessado na cultura, a ponto de ser conhecido como o Imperador Esteta, grande colecionador de caligrafias e pinturas. Após algumas perseguições frustradas e batalhas infrutíferas, concluiu que sua situação acabaria por se tornar ridícula, como se ele pretendesse usar um canhão para matar uma pulga. Nenhum chefe de quadrilha ameaçava o Império, como ocorreu com o levante comandado por Fang La, na região do Zhejiang, insuflado por uma sociedade secreta, cujos adeptos, de tendência pretensamente budista, cultuavam os demônios. Em tal ocasião, o Imperador deixou de lado a erudição e ordenou que os revoltosos fossem exterminados. Muitos dos que escaparam da decapitação não suportaram o terror e morreram em suicídios coletivos.

Convém lembrar que o Imperador Hui-Tsung fora o príncipe Duan antes de subir ao trono, após a morte do Imperador Zhe-Zong, que não tivera herdeiros. Mas não nos deixemos iludir por seu refinamento, como se este, por si só, fosse capaz de influenciar uma época decadente, corrupta e extremamente violenta. Criados, escravos, prisioneiros e outros cidadãos de baixa condição estavam sujeitos à tortura e ao espancamento sob qualquer pretexto. Soldados eram decapitados pelo inimigo durante ou após as batalhas; prisioneiros condenados ao exílio tinham o rosto marcado pelo Selo Dourado, uma tatuagem referente à sua condição, e o corpo moído por dezenas de golpes, aplicados com grossas varas de bambu; ladrões, além de espancados, podiam sofrer o esmagamento de um ou mais dedos, segundo a gravidade do delito ou o humor do juiz; e nobres e altos funcionários caídos em desgraça recebiam como punição a morte ou o exílio, arrastando com eles todos os familiares e amigos íntimos, fadados, caso sobrevivessem, a uma existência miserável e vergonhosa. Os crimes por vingança ocorriam com frequência, e, em certos casos, principalmente quando se tratava de bandidos, as vítimas tinham suas vísceras arrancadas e ofertadas em sacrifício no altar dos que haviam sido mortos por elas. O coração e o fígado, após grelhados, serviam de iguaria num banquete macabro.

A extrema violência e a deslavada corrupção, contudo, não chegavam a macular a divina aura do Imperador, agraciado com os títulos de Alto Sacerdote da Pureza de Jade e Soberano Taoista da Verdade Providente. Sua figura pairava acima desse mundo mortal e a maioria do povo jamais teria a oportunidade de vê-lo, pois vivia isolado da multidão pelos vastos salões e jardins do palácio. Assim, a notícia de que um exército de 50 mil homens acampara ao redor de ambas as montanhas e que o Imperador subia a encosta, protegido por mil soldados da Guarda Imperial, em direção à pequena Tsi-Yin, provocou estupefação em seus habitantes, que se puseram a correr, atarantados, para receber condignamente o Filho do Céu.

Todos se perguntavam o que viera ele fazer num lugar tão rústico e insignificante. Acaso teriam eles cometido alguma falta grave que merecesse rigorosa ou, quem sabe, a mais terrível das punições?! Começaram logo a culpar-se mutuamente, apontando falhas, levantando suspeitas, até que Mestre Liu, Abade do Templo da Suprema Autoridade Taoista, sugerisse que o Imperador talvez houvesse decidido visitar alguém muito íntimo, um amigo de infância, uma mulher encantadora ou um parente que, envergonhado por não ter sido convidado a viver na Corte Imperial, mantivesse em segredo tão importante parentesco.

— Não podemos perder tempo com mexericos inúteis — concluiu Mestre Liu. — Devemos reunir os cidadãos mais importantes para receber o Imperador. Sugiro que todos se banhem e vistam suas melhores roupas. Esta será, certamente, a primeira e última visita do Mui Sagrado. Faremos o possível para que ele guarde na memória uma boa impressão de nosso pequeno refúgio.

A sede de Administração ficava num casarão de pedra, em cujo salão principal fora instalado um auditório com algumas dezenas de bancos, sobre os quais repousavam almofadas vermelhas de brocado de seda, produzidas na fábrica do Senhor Niu Er, que gentilmente as ofertara à comunidade, após inúmeras queixas relativas à dureza das tábuas de figueira, impróprias ao acomodamento das sensibilidades femininas. Diante dos bancos havia um estrado, cuja função era elevar a autoridade. Sentavam-se ali o Administrador e os membros do Conselho, atrás de vetusta mesa, da qual sobressaíam ameaçadoras figuras de dragões, entalhadas por um artesão local. A mesa deu lugar a sete poltronas, ladeadas por algumas cadeiras; e a habilidade de alguns monges taoistas acostumados a construir enormes armações, para a Festa das Lanternas, ergueu uma delicada estrutura de bambus, da qual pendiam luminárias de papel, que seriam acesas caso a recepção se prolongasse noite adentro. A poltrona maior, colocada no centro e destinada ao Imperador, foi dignificada por uma pele de leopardo branco. Atrás dela, aberto em forma de meia-lua, um biombo de sândalo, recoberto com painéis de seda, mostrava uma paisagem de Huashan, a Montanha Sagrada do Oeste. Em ambos os lados da poltrona, vasos de barro sustentavam galhos de acácia floridos. E o chão, no lugar onde o soberano colocaria os pés, recebeu a proteção de um tapete persa, trazido por um mercador havia muitos anos. Infelizmente, nada mais se poderia fazer em tão pouco tempo. Alguém então se lembrou da comida.

— Como vamos alimentar uma tropa de mil soldados?! — gritou o Conselheiro Bao Zheng.

— Estamos arruinados! — acrescentou o Conselheiro Dong Jianshi.

— Não sejam mesquinhos — protestou o Conselheiro Wang Sheng. — Não se trata agora de pensar em prejuízo ou economia. Não há quem ignore a prodigalidade do nosso Imperador. Se o recebermos condignamente, ele não deixará de nos recompensar. Temos que calcular o número de bois e carneiros necessários ao banquete, depois trazê-los, matá-los, esfolá-los e limpá-los. E há o arroz, o painço, o trigo, as verduras. Sem falar na comida destinada à sua Alteza e aos membros da Corte, que, presumo eu, deva ser requintada e cuja composição desconhecemos.

— Parem de cacarejar! — exclamou Yang Zhi, o Administrador. — Se entrarmos em pânico, poremos tudo a perder. Vocês se esqueceram do Pai Song.

— O astrólogo?

— Não. O cozinheiro.

— Não me lembro de nenhum.

— Você se refere ao velho bêbado que mora na cabana arruinada, junto à Ponte do Luar Encoberto?

— Esse.

— Mas ele não consegue se manter em pé! Além disso, eu nunca o vi sequer fritar um ovo.

— O velho foi um dos principais cozinheiros do Palácio Imperial, ao tempo do Imperador Ying Zong.

— Até que o deportaram por matar, a facadas, a mulher e seus dois amantes. Só não sofreu a decapitação porque o Imperador era louco por seus pastéis doces, recheados com sementes de melão. Anistiado anos depois, veio enxugar garrafas na casa da irmã.

— Quando terminarem de narrar as desventuras do velho, já teremos sido vergastados e deportados para a Coreia — interrompeu o Administrador. — Mandarei alguém buscá-lo.

— Estará bêbado ou dormindo.

— Wang, peça à sua prima, Tia...

— Tia Hua.

— Isso. Peça-lhe que prepare uma boa dose da Poção do Vômito Imediato e da Lucidez Instantânea, misture a droga com vinho e leve a garrafa ao velho. Ela deve esperar que o cozinheiro elimine o amargor de sua triste sina até o último revirar das tripas; e quando ele retornar do mundo da opacidade, trazê-lo à minha presença.

Uma criada do Administrador veio avisá-lo de que a água de seu banho já estava aquecida, quando chegou um emissário do Imperador.

— Sua Divina Alteza ordena que mandem buscar imediatamente o Mestre Gongsun Sheng, discípulo de Luo, o sábio.

— Partiu há dois meses, para cumprir seu dever filial de assistir a mãe em sua passagem para o Reino das Sombras — respondeu o Administrador.

— Nossos espiões nos informaram de seu regresso. O monge deu à mãe alguma poção misteriosa e ela não só se recuperou como parece ter rejuvenescido vários anos. Sugiro que enviem um emissário com boas pernas, para galgar rapidamente a montanha, pois o general Liu Gao, Comandante da Guarda Imperial, a quem o Imperador incumbiu da referida tarefa, encontra-se de péssimo humor por ter perdido um carroção com armamentos e suas respectivas parelhas de bois, que despencaram no abismo. Está praguejando e distribuindo bordoadas a quem cometer a menor falta.

— Você pode me dizer se o Imperador tarda muito a chegar?

— Um carroção, carregado de mantimentos, teve uma roda quebrada e está atravancando o caminho. O carpinteiro e o ferreiro se esforçam por consertá-la e, se tudo correr bem, sua Majestade chegará ao entardecer.

Um jovem mensageiro subiu a montanha à procura do Mestre Gongsun, e o Administrador foi se banhar e trocar as vestes suadas. Bao Zheng e Dong Jianshi continuaram a tagarelar sobre os possíveis prejuízos que a inesperada visita acarretaria. De repente caíram em si e saíram apressados em direção às tinas de água quente.

Pouco antes de o Sol desenhar seus últimos raios sobre as elevações mais baixas, a oeste, o pequeno grupo já estava reunido em frente ao prédio da Administração. Yang Zhi e os Conselheiros haviam decidido que as mulheres, depois de banhadas, vestidas, penteadas, perfumadas e empoadas, deviam permanecer em casa, para manter o recato, considerando-se o número de homens que acompanhavam o Imperador. Se este manifestasse o desejo de conhecê-las, seriam chamadas por suas criadas. O Administrador mandou que alguns rapazes acendessem lanternas portáteis, dependuradas na extremidade de varas de bambu, e o cortejo seguiu, a pé, em direção à entrada da aldeia. Um mordomo ficou encarregado de acender as luminárias no salão da Sábia Fraternidade, assim que a Comitiva Imperial se aproximasse.

Além do Administrador e dos três Conselheiros, já mencionados, o grupo reunia as figuras mais proeminentes da sociedade: Mestre Liu, o Abade; Cavalheiro Kong, rico proprietário, criador de cavalos; Cavalheiro Mu, igualmente rico, criador de carneiros; Senhor Chai, criador de bois; Senhor Tang, proprietário da farmácia e competente herbolário; Lu Qian, acólito de Mestre Liu; Shi Jin, jovem poeta, erudito, instrutor de artes marciais; e Fu An, assistente do Administrador.

Embora ainda estivessem no final do verão, vestiam roupas apropriadas ao outono e ao começo do inverno, por lhes parecerem mais apropriadas à ocasião, com exceção do poeta, que trajava uma túnica de linho branca, bordada com motivos campestres; calções roxos, de tecido rústico; meias e alpercatas brancas, de cânhamo; uma faixa roxa, pespontada com um quase imperceptível fio de prata, amarrada na cintura; e um lenço branco na cabeça, com uma abertura sobre a nuca, da qual pendia um rabo de cavalo, preso por um cordão roxo. Levava na mão direita um leque de seda, que, ao ser aberto, mostrava dois olhos de tigre a espreitar em noite escura, pintados com perfeição por um discípulo de Fu Gong, famoso autor do *Xiepu, O manual dos caranguejos*.

Após longa espera, no início da segunda guarda, as primeiras lanternas da Comitiva Imperial apontaram na escuridão. Cabe esclarecer, aos que não o saibam, que a noite, na China antiga, era dividida em guardas: a primeira guarda, das sete às nove horas; a segunda guarda, das nove às onze; a terceira guarda, das onze à uma da madrugada; a quarta guarda, da uma às três; e a quinta guarda, das três às cinco da manhã. A esta altura, Mestre Gongsun Sheng e Pai Song já se haviam reunido ao grupo. O cozinheiro, que ainda não atinara o que estava a ocorrer, entrou a murmurar e a bocejar, como se lhe retornassem ao cérebro os últimos resquícios da bebedeira. Recebeu logo um cutucão nas costelas e uma reprimenda do Conselheiro Wang Sheng, que o vigiava de perto.

— Que merda é aquilo?! — perguntou com outro bocejo.

— Aquilo é o Imperador, que veio nos visitar, e para o qual, como já lhe expliquei várias vezes, você terá a honra de cozinhar, com o talento e a criatividade que sempre demonstrou a serviço do Imperador Ying Zong.

— É ele quem vem lá... o meu querido Ying Zong?

— Não. Este é o sucessor, o Imperador Hui-Tsung. O outro morreu há algum tempo.

— Morreu?!

O cozinheiro começou a chorar convulsivamente, soltando gritinhos de rato assustado, e acabou por vomitar sobre os sapatos do Conselheiro. Este, enfurecido, lhe aplicou um par de bofetões e correu até a beira de um córrego, para limpar o "bordado" que se destacava sobre a seda negra dos sapatos.

— Que agitação é essa?! — quis saber o Administrador.

— Pai Song vomitou nos meus sapatos. Imagine se isso acontece diante do Imperador.

O Administrador agarrou o cozinheiro pelo braço e o retirou do foco das lanternas.

— Escute bem, seu traste insignificante, verme de carne putrefata, ínfimo grão de poeira pousado sobre a merda de um cão sarnento! Vamos receber o Imperador e, infelizmente, dependemos de sua competência para cozinhar pratos requintados, que possam agradar ao Filho do Céu e à sua comitiva. Esta é a oportunidade que lhe dou de retomar sua vida, perdida com aquele maldito crime. Se você fracassar ou provocar algum vexame, será conduzido à beira do abismo, onde eu, pessoalmente, lhe darei um chute no rabo e o enviarei ao Reino dos Demônios. Olhe bem para mim! Quem sou eu?

— Sei lá. Provavelmente alguém importante, para me falar dessa maneira.

— Sou o Administrador desta aldeia, com o poder de cumprir o que lhe prometi. Você entendeu?

— Sim. Juro que farei o possível. Só há um problema.

— Qual?

— As receitas. Não me lembro de mais nada, após tantos anos e tantas garrafas.

— A visão do abismo lhe avivará a memória. Vá até o córrego, lave a boca e o rosto, beba um pouco de água e volte imediatamente.

Os primeiros a chegar foram os lanceiros. Perfilaram-se em duas colunas diante do grupo, cujos membros procuravam ocultar seu nervosismo. Havia no máximo 100 homens, 50 de cada lado, formando um corredor, no qual entraram o Imperador e sua comitiva a cavalo. O Filho do Céu permaneceu impassível, enquanto os demais cavalheiros apeavam e se punham de joelhos para reverenciá-lo, no que foram secundados por lanceiros, carregadores e ajudantes. O Administrador e os membros de seu grupo, atarantados, se prosternaram, tocando o chão com a cabeça oito vezes. O Imperador desceu do cavalo, ergueu as mãos e todos se levantaram.

— Que Vossa Alteza continue a receber as bênçãos do Céu e que o chão de nossa humilde aldeia seja dignificado pelo toque de vossos divinos pés — disse o Administrador, ajoelhando-se novamente e reverenciando. Os demais iam acompanhá-lo, mas o Imperador os deteve com um gesto. Sua figura pareceu crescer, com serena imponência, enquanto ele percorreu com os olhos atentos o espaço à sua frente, iluminado por dezenas de lanternas. Não estava paramentado com as vestes imperiais, pois vivera os últimos dois meses como comandante de seu exército. Vestia uma armadura de metal, revestida externamente com plumas de ganso, que lhe fora presenteada pelo capitão Wen Wenbao, Primeiro Instrutor de Armas, verdadeira obra de arte herdada de seus antepassados.

— Estamos sumamente honrados com vossa visita — prosseguiu o Administrador. — O edifício da Administração, onde se localiza o salão da Sábia Fraternidade, preparado para vos acolher, fica a menos de um *li*. Talvez queirais remontar em vossos cavalos.

— Seguiremos a pé — respondeu o Imperador com um sorriso.

Yang Zhi não sabia o que fazer, se devia andar ao lado do Imperador ou permanecer afastado. O Filho do Céu lhe tomou a mão e ele se controlou para não chorar ou urinar nos calções. Caminharam de mãos dadas, seguidos pelos demais, que se mantinham em silêncio, os residentes pela tensão e pelo receio de fazer ou dizer algo inconveniente, os cortesãos pela surpresa de ver a familiaridade com que o Filho do Céu tratava um desconhecido, simples administrador de um lugarejo perdido entre montanhas. Perguntavam-se também qual a razão que o levara a se decidir por aquela absurda visita.

— Sabes me dizer se o Mestre Gongsun Sheng chegou? — perguntou o Imperador.

— Vai ali, Alteza, vestido com a sotaina taoista negra.

— Quero lhe falar.

O Administrador apressou o passo e trouxe o monge, puxando-o pelo braço. "Talvez esteja aí a razão desta visita", pensou Yang Zhi. "O monge é versado em alquimia, tanto interna quanto externa, e sua vida cercada de mistério. Os velhos da aldeia dizem tê-lo conhecido há quase setenta anos, quando veio da Capital do Norte. E continua com a mesma aparência juvenil. Além disso, conhece antiquíssimas receitas de poções milagrosas. O Filho do Céu talvez esteja interessado não só na longevidade, mas também na manutenção e no incremento da virilidade." Essa conclusão provocou no Administrador um calafrio, como se o Imperador pudesse ler seus pensamentos.

Gongsun ia ajoelhar-se, mas foi impedido pelo Mais Perfeito, que lhe segurou a mão e se afastou com ele até a margem do córrego. O cortejo parou e ambos conversaram durante algum tempo. O monge revirou a bolsa a lhe pender do ombro e entregou ao Imperador algo indefinível, que este se apressou em colocar no bolso oculto no interior da manga. Retomaram a caminhada, conversando, o Filho do Céu gesticulou e seu riso repercutiu como um eco nas demais gargantas, provocando uma descontração geral. E o Administrador passou a andar com mais desenvoltura, como se acompanhasse uma pessoa comum.

Entraram no Salão da Sábia Fraternidade, o Imperador continuava a sorrir e elogiou a delicadeza da decoração. Yang Zhi pediu ao Mui Sagrado que distribuísse os lugares a seus acompanhantes e lhe indicou a poltrona recoberta com a pele de leopardo branco. O Imperador convidou Mestre Gongsun a se sentar à sua direita; o monge resistiu, dizendo-se indigno de tamanha honra, mas acabou cedendo. O lugar à esquerda coube a Tong

Guan, Chanceler da Defesa Imperial. As demais poltronas foram ocupadas pelo Marechal Liu Gao, Comandante da Guarda Imperial; Marechal Gao Qiu, Comandante do Exército Imperial; Marechal Peng Qi, Comandante da Junta de Assuntos Militares; e General Yan, Comandante da Guarda Pessoal do Imperador. Nas cadeiras sentaram-se o Abade Liu; o General Qin Ming, comandante da Infantaria e da Cavalaria; o Coronel Huang An; o Capitão Wen Wenbao; o Capitão Xu Ning, Segundo Instrutor de Armas; Wu Yong, Assessor Militar; Ling Zhen, Artilheiro; e o Escrivão Wang. O Administrador e os membros de seu grupo ocuparam os primeiros bancos.

— Peço-vos que nos perdoeis este precário arranjo, o melhor que nos foi possível conseguir em tão pouco tempo — justificou-se Yang Zhi.

— Não te preocupes com isso — respondeu o Imperador. — Estamos entre amigos. Deixemos de lado as formalidades e falemos com o coração. Após cavalgar à caça de rebeldes e bandoleiros, senti-me um pouco esgotado... e como nos encontrávamos nas imediações, decidi passar alguns dias neste magnífico lugar, na companhia de meus súditos fiéis, gozando a tranquilidade, o silêncio e os benefícios de vossas águas termais. Há muito ouvi falar deste paraíso. Pareceis surpresos. Pois ficai sabendo: não há recanto de nossos vastíssimos domínios que seja por nós ignorado. A eficiência de nossa Administração estende-se às regiões mais longínquas. Nossos olhos e nossos ouvidos tudo acompanham com o maior interesse.

Feitas as devidas apresentações, o Imperador mencionou alguns problemas enfrentados pela Administração local, demonstrando conhecer, de fato, o que ali ocorria. Concluída a parte burocrática da reunião com reivindicações e promessas de pronto atendimento, o Mais Perfeito mandou trazer o Vinho Imperial. Dois soldados distribuíram taças de jade e serviram o vinho, muito mais saboroso que o "Flor de Ouro" e o "Perfume de Jasmim", adquiridos pelo Cavalheiro Kong, muito anos antes, durante uma visita à Capital do Norte.

— Perdoai-me ainda outra vez por vos dirigir a palavra — disse o Administrador. — Desejamos oferecer-vos um banquete, preparado por nosso cozinheiro, Pai Song, que serviu o Imperador Ying Zong, mas nem sequer iniciamos os trabalhos, por não termos condições nem tempo de preparar refeições para tão grande número de pessoas, sem falar nos soldados de vossa Guarda Pessoal. Pai Song está de passagem, veio visitar a irmã e não conta com ajudantes e apetrechos apropriados.

— Desconheces, por certo, a logística militar — contestou o Mui Sublime, rindo. — Os soldados cuidarão de si mesmos. Além disso, temos nossos próprios cozinheiros, aos quais se poderá juntar o vosso Pai Song, se o desejar. Lá fora já deve arder uma fogueira. Comeremos ao ar livre, banhados pelo magnífico luar. Ou julgas que o Imperador é feito de porcelana e que seu imperial traseiro, acostumado à maciez do trono e das poltronas, sentir-se-ia desconfortável ao repousar sobre a relva?

A naturalidade com que o Filho do Céu se referiu ao próprio traseiro surpreendeu a todos e, em meio ao burburinho, avultou uma gargalhada que esbofeteou o rosto do Administrador. "Esse irresponsável ainda porá tudo a perder." Mas o Imperador se pôs a rir, o gargalhar se prolongou e logo o riso contagiou o salão.

— Aproxima-te — disse finalmente o Mais Sagrado.

Shi Jin levantou-se e caminhou até o estrado.

— Gostei do teu riso franco, espontâneo, como deve ser o riso dos jovens.

— Peço-vos que me perdoeis, Majestade... não tive a intenção de...

— De ofender meu real traseiro?!

— Estará o Filho do Céu embriagado? — segredou o Chancelar junto ao ouvido do Comandante da Guarda Imperial.

— Deve ter algo em mente. Em breve, a notícia de tal liberalidade atingirá as províncias mais distantes.

— Como te chamas?

— Shi Jin, Majestade.

— Qual a tua idade?
— Vinte e oito, Majestade.
— E o que fazes?
— Dedico-me a ensinar artes marciais... e quase não me atrevo a dizer... também sou poeta.
— Ah... Um poeta! Escreves espontaneamente ou conheces os Clássicos?
— Esforço-me por guardá-los na memória, pois são um grande ensinamento, Majestade.
— Então conheces as Quadras de Lu e a Relação Auxiliar do Mestre Confúcio.
— Boa parte delas, Majestade... mas prefiro o Livro dos Cantares. A história humana me causa repulsa. Seria mais apropriado chamá-la História Desumana.
— Dá-me um exemplo.
— Após a batalha entre os Estados de Theâu e Dseon, tendo o primeiro se rendido sem oferecer combate, após o compromisso de que a vida de seus soldados seria poupada, 200 mil deles foram executados numa única tarde. Por ocasião da Queima de Livros, o Imperador Chondiva mandou enterrar vivos quatrocentos e sessenta Letrados, que haviam escondido alguns exemplares.
— Teus conterrâneos parecem assustados, temerosos de que eu me levante e mande incendiar a aldeia — disse o Imperador, rindo. — Voltemos a Confúcio. Serias capaz de nos dizer um poema do Livro dos Cantares?
— Deixo à vossa escolha.
— Vejamos... algum que se refira ao luar.
— Tem como título "Nasce a Lua", e eu me permitirei acrescentar pequenas variações... se Vossa Alteza não considerar isso uma ofensa ao Mestre.
— Confúcio não escreveu os poemas, apenas os reuniu. E não há como ofender um autor anônimo.
Shi Jin fechou os olhos, respirou fundo e, com um risinho irônico, disse:

— "Nasce a Lua e, obviamente,
Vê-se ao redor o luar.
Encantadora é a mulher
Quando bonita: espanta a tristeza
E atenua nossas penas,
Que aliás não são pequenas!

Nasce a Lua, com seu esplendor.
Mulher bonita nos pode trazer
Graça ou desgraça, afugentar
Melancolias ou provocar
Mágoas de amor, paralisias!

Nasce a Lua, magnífica visão.
Mulher bonita causa enleio
Quando não nos põe sob arreio.
De nossas penas quebra os grilhões
Ou de aflição nos inunda o coração".

O Imperador riu com entusiasmo. Ninguém ali conhecia o poema, que foi declamado na íntegra, com acréscimos e total mudança de sentido, a colocar em dúvida o bem que nos pode trazer a mulher apenas por ser bela. Não escapou também ao Imperador ter o jovem, ao falar das penas, acrescentado "que não são pequenas", uma óbvia referência aos sofrimentos da população.

— Tens certamente grande interesse pela escrita. Qual o teu estilo favorito?

— Dos quatro estilos considerados mais perfeitos, de Su Dongpo, Cai Jing, Huang Luzhi e Mi Yuanzhang, o melhor, a meu ver, é o de Su Dongpo.

— Teu poeta preferido.

— Sem dúvida. Admiro-o como poeta e como homem de Estado, perseguido, injustiçado e humilhado pelo primeiro-ministro, Chang Chun, um falso amigo, que o desterrou para a ilha de Hainan, absurda crueldade.

— Pesou sobre ele a acusação de difamar o finado Imperador Ing-Tsung.

— Com todo respeito, Majestade, tal acusação não passou de um pretexto para lhe arruinar a carreira.

O Imperador permaneceu em silêncio por um instante, e o Administrador fez um discreto sinal a Shi Jin, para que se calasse.

— São coisas do passado. Ponhamos de lado a política e tomemos de Su Dongpo somente o que nos legou de mais importante: sua poesia. Antes de o deixarmos entregue à imortalidade, para abordarmos outros assuntos, dize o poema que, a teu ver, melhor o defina.

— "Sou, na verdade, algo parecido com uma corça selvagem
E não vejo em mim nada que se assemelhe às bestas de arreio.
Lança um olhar aos trajes dourados,
Às fivelas feitas de jade e às rédeas tecidas em seda!
Os que me veem delas se admiram,
Mas nada provocam em mim senão desprezo.
Cada homem persegue um sonho, um objetivo
E, no meu caso, mantive a sinceridade à minha fé.
Com certeza haverá quem se ria do que digo,
Mas espero que de ti e de mim se faça melhor juízo."

Shi Jin abriu o leque e os olhos de tigre fitaram o Imperador.

— Que atrevimento — murmurou o Chanceler da Defesa Imperial.

— O insolente está, obviamente, a falar de si próprio pela boca de Su Dongpo, declarando-se um rebelde que despreza os valores da Corte — acrescentou o Comandante da Guarda Imperial.

— E aquelas roupas?! Apresenta-se diante do Imperador como quem vai ao campo a passeio.

Desta vez, o Filho do Céu não sorriu. Fitou os olhos do tigre e, a seguir, o jovem poeta, como se o sondasse com grande interesse.

— És inteligente. Devias concorrer a um cargo no Mandarinato.

— Agradeço-vos de coração pelo imerecido elogio, mas certamente não me daria bem na Corte, em meio a toda aquela complexidade e...

— E às intrigas. Talvez tenhas razão. No teu lugar, a viver num paraíso como este, eu chegaria à mesma conclusão.

O Administrador e seus concidadãos estavam confusos. A cada investida petulante de Shi Jin, que os colocava à beira do desastre, o Mui Sagrado retribuía com gentileza. Aquilo poderia acabar muito mal. O poeta fez uma reverência, para voltar ao seu lugar, mas o Imperador lhe indicou uma das cadeiras, em cima do estrado.

— Ouvir dizer que as mulheres de Tsi-Yin são muito bonitas, e certamente sua beleza vem temperada pela timidez, pois nenhuma se mostrou aos meus olhos.

— Aguardam apenas que Vossa Majestade manifeste seu desejo de vê-las — respondeu o Administrador.

— Já se passou metade da segunda guarda e elas devem estar cansadas. As mulheres são como as flores. Sua beleza necessita de repouso.

— Mas há entre nós algumas flores, por assim dizer, noturnas... — atalhou o Administrador. — Hibernam durante o dia e despertam ao cair do Sol, para cantar no teatro, nas casas de chá...

— Anseio por vê-las e escutá-las.

Os soldados trouxeram mais vinho, com alguns petiscos, e a um sinal do Administrador três belíssimas jovens entraram no salão, cantando, acompanhadas de três músicos. Joia Oculta dedilhava uma *p'i-p'a* de sete cordas, feitas com intestino de tubarão; Flor de Ameixa tocava uma guitarra de cinco cordas; e Orvalho da Manhã uma cítara de 12 cordas. A cargo dos músicos ficavam os tambores, os pífanos, os tamborins, as campainhas de prata, a viola, as castanholas de marfim e a flauta de bambu, trocados rapidamente de acordo com as sutis variações da música. Além de encantadoras, as jovens tinham vozes deliciosas. Vestiam roupas coloridas e estavam penteadas e maquiadas com esmero. A música fora composta a partir de um poema, cuja autoria o Imperador não logrou reconhecer.

— São os versos de Ouyang Shiu — murmurou Shi Jin.
— Sim... É verdade. Podes repeti-los?
— "No frescor da noite, ouve-se uma flauta e a Lua
Se mostra no alto da montanha.
Descem as sombras sobre o vale, desabrocham
As flores, em redemoinho,
E há um viajante a buscar seu caminho.
Após uma partida de xadrez, ninguém se dá conta
De que o tempo fugidio tenha durado tanto.
Acabou o vinho, a vida se vai implacavelmente
E o andarilho anseia por regressar à sua casa."

Silêncio. O aplauso soaria como vulgar profanação. O Imperador parecia emocionado. O Administrador e os Conselheiros, embora não tivessem ouvido para a poesia e a música, estavam a ponto de chorar. As jovens continuaram a cantar, as gargantas a beber e o tempo, como nos versos de Ouyang Shiu, parecia voar num céu sem nuvens. Até que, durante uma pausa, o Imperador bocejou. Ia falar, quando um soldado entrou no salão e segredou algo ao ouvido do Chanceler, que se levantou e murmurou a mensagem ao Mais Perfeito. Houve uma pequena agitação entre os membros da Comitiva Imperial, mas o Filho do Céu apenas acenou com a cabeça e permaneceu impassível.

— Creio que o jantar será servido — comentou o Cavalheiro Kong.
— Sinto cheiro de carne... provavelmente de meus carneiros — atalhou o Cavalheiro Mu.
— A coisa me parece mais grave — ponderou o Conselheiro Bao Zheng. — Talvez uma incursão dos bandidos.

O Imperador pigarreou e todos silenciaram.

— Boa e generosa gente de Tsi-Yin. Poucos foram os dias a me trazer tanta alegria como a que hoje sinto. Viveis num verdadeiro paraíso, que só não é perfeito por duas razões: não está no Céu e tem, entre ele e o mar, uma montanha que impede a visão dos magníficos golfos de Petchili e Liaotung.

— E se a removêssemos?! — deixou escapar Shi Jin, abrindo o leque, a insinuar que o poder imperial era avassalador, a ponto de eliminar uma montanha, se esta se atrevesse a interceptar o olhar do Imperador. Na verdade, a frase lhe saiu num ímpeto de ironia, peculiar à sua natureza rebelde e contestadora, alheia às consequências, como se ele falasse a um companheiro de sua idade.

— Que boa ideia! — exclamou o Mui Perfeito, após longo silêncio.

— Perdoai-me, Alteza, mas não atentei para o que disse o jovem — murmurou o Administrador, temeroso de que se tratasse de uma tolice.

— Nosso poeta, de cuja inteligência tivemos hoje uma breve demonstração, sugeriu que removamos a montanha e ampliemos nosso campo de visão, de maneira a abarcar não só os golfos, mas o próprio horizonte. Tsi-Yin poderá então ser considerada um paraíso perfeito.

— Mas isso é um absurdo! — gritou o Abade. — Naquela montanha se encontra...

— Não interrompas o Filho do Céu! — bradou o Chanceler, com ar ameaçador.

O Abade se pôs de joelhos e tocou o chão com a cabeça oito vezes.

— Encarrego-te de fazê-lo — prosseguiu o Imperador, cravando os olhos em Shi Jin.

— Eu?! — contestou o poeta, com um fiapo de voz.

— Ninguém mais adequado. És inteligente, arguto, ousado. Nomeio-te desde já Funcionário Imperial, com autoridade de falar em meu nome, dotado de poder sobre a vida e a morte daqueles a quem te dirigires. Receberás do Tesouro Imperial todos os recursos necessários ao custeio das obras, desde que ajas com parcimônia. Terás que produzir aqui as carroças, os carroções e todas as ferramentas necessárias, a fim de baratear as obras. Se pecares contra a economia, o Tesouro te negará o custeio. Poderás empregar trabalhadores ou comprar escravos, a teu critério. Tens dois meses para iniciar as obras e um prazo razoável para concluí-las. Considerando-se o volume de material a ser removido... digamos... cinco anos, a contar desta data. A cada dia de atraso ou interrupção, tu e 50 moradores, à tua escolha, sereis vergastados com varas de bambu. Como hoje me encontro de excelente humor, não exigirei que removas a montanha até a base, mas somente até o nível deste platô. Concluídas as obras, deverás construir, a pouca distância da vertente mais próxima ao mar, uma casa de chá, rodeada por um jardim, de maneira que eu, a Imperatriz, nossos familiares e convidados possamos nos sentar ali e contemplar a beleza dos golfos. Caso tudo não esteja concluído no prazo estipulado, sem um dia sequer de atraso, tu e mais 50 dos que hoje habitam esta aldeia, escolhidos ao acaso, sereis decapitados e os restantes exilados, estendendo-se esta sentença a toda a parentela, seja ou não aqui residente, até o quinto grau de consanguinidade. Quem atentar contra a tua integridade física será decapitado, como se o tivesse feito contra minha pessoa. Quem desobedecer ou se insurgir será vergastado e exilado. Que ninguém procure se furtar ao ora determinado, por meio da fuga ou de qualquer subterfúgio. Meus espiões o encontrarão e o executarão, ainda que se refugie sob o manto do Senhor dos Infernos! Para melhor cumprimento dessas obrigações, determino que o Capitão Wen Wenbao passe a residir aqui, em companhia de sua família, no comando de um destacamento de 50 homens, que deverão ser imediatamente alojados. Vais precisar deles, pois remover uma montanha não é uma imagem poética. Deixarei com ele uma quantidade de prata suficiente para o início das obras. A cada ano o Capitão enviará um emissário à Capital, com um relatório sobre o andamento dos trabalhos e o orçamento a ser apresentado ao Tesouro, para a liberação do pagamento. Não quero ver tua cara nem os olhos desse teu ridículo tigre, nas instalações do Palácio Imperial ou de qualquer Ministério, caso te ocorra choramingar, pedindo clemência, ou fazê-lo por meio de algum parente ou amigo influente. Quem se atrever será decapitado. Fui claro? Alguma dúvida? Ótimo. Escrivão, redige o documento e entrega-o ao destinatário.

O Imperador lançou um olhar ao salão e sorriu.

— Vejo que estás preocupado. Deverias comemorar. Acabo de te nomear Funcionário Imperial, com um bom salário, e de inserir teu nome na História da Desumanidade. Serás lembrado como O Homem que Removeu a Montanha.

O Mui Sagrado levantou-se, no que foi seguido pelos membros de sua comitiva. Os moradores se ajoelharam, para reverenciar, e quando abriram os olhos já não havia ninguém no estrado, além do Escrivão, do poeta e do Capitão. O Mestre Gongsun Sheng fora levado pelo Imperador.

Perplexo, o Administrador encolheu-se e enxugou uma lágrima, tomado por uma apatia que o reduzira à insignificância. O Escrivão acabou de redigir o documento, após nele o Selo Imperial, e o entregou a Shi Jin, que não se atreveu a erguer o olhar. Constrangido, com uma reverência, o Escrivão saiu, apressado, temeroso de ser deixado para trás. Ao atravessar a porta, quase foi derrubado por dois carregadores que traziam um baú cheio de prata.

— Sua arrogância causou nossa ruína! — vituperou o Abade. — Você tem ideia do que isso vai nos causar?! Na vertente daquela montanha há o antigo templo budista, com uma centena de monges... e, lá no alto, a fortaleza dos marginais. Com que argumentos você vai convencê-los a sair de lá?

— Com isto! — respondeu Shi Jin, erguendo o documento Imperial.

— Eu sempre o considerei um garoto mimado... E vejo que a idade não o modificou em nada, pelo contrário, ao mimo acrescentou uma boa dose de estupidez. Você acha mesmo que esse papel vai convencer alguém?

— Vejamos — respondeu o poeta, com um sorriso malévolo. — Capitão!

— Às suas ordens.

— Remova este falastrão de minha presença.

— Vamos... — disse o Capitão, segurando o braço do Abade.

— Tire suas patas de cima de mim! Sou um Abade e exijo respeito.

— Talvez sua Eminência não tenha compreendido. Quem está à sua frente não é o poeta Shi Jin, mas o próprio Imperador. Sugiro-lhe que antes de sair se ponha de joelhos e reverencie, para se desculpar.

— Eu?! Reverenciar esse... esse...

— Saia já daqui! — bradou Shi Jin. — Talvez 30 vergastadas o façam compreender.

— Peço-vos humildemente que me perdoeis, Alteza — contestou o Abade com ironia, antes de se ajoelhar.

— Cinquenta vergastadas! — ordenou o poeta, esbofeteando-o.

Wen Wenbao ajudou o Abade a se levantar e o retirou do salão. Os demais residentes ainda permaneciam ajoelhados, como se uma súbita paralisia os houvesse transformado em estátuas.

— Não posso crer nos meus olhos! — gemeu o Cavalheiro Mu. — Fui amigo de seu pai, um homem digno, que procurou educá-lo da melhor maneira... E agora... você acaba de esbofetear o Abade!

— Sentem-se todos. Ajoelhados vocês parecem ridículos.

Obedeceram imediatamente, a não ser o Administrador, imerso em estado catatônico.

— Quanto ao senhor Abade, nada tem de monge taoísta — prosseguiu Shi Jin. — Abusou de várias mulheres que foram lhe pedir conselho, induz viúvas a doar propriedades e dinheiro ao mosteiro, sem que isso conste dos registros, é cínico, mentiroso, arrogante e estúpido. Lao-Tsé se envergonharia dele, caso o conhecesse. Eu o tenho atravessado na garganta desde que chegou, para substituir o falecido Mestre Wu. Infelizmente, alguns de seus discípulos seguem pelo mesmo caminho. Vou destituí-lo. Ficará confinado no mosteiro, até que eu decida o que fazer com ele. Meu caro Conselheiro Mu. Como poderia me esquecer de sua ligação de amizade com meu pai, se um dia, estando eu no seu colo, com 7 ou 8 anos, senti crescer uma protuberância em seus calções?! Talvez isso explique sua generosidade em distribuir docinhos às crianças.

— Mas isso é um...

— Cale-se! Saia já daqui e peça ao Capitão Wen Wenbao que o recompense com 30 golpes de vara, aplicados em suas nádegas rotundas.

O Cavalheiro Mu deixou o salão, envergonhado, pensando em como poderia se vingar, mas se lembrou de que atentar contra Shi Jin seria cortejar a morte. Pensou também nos docinhos que mandara fazer. Agora teria que comê-los ou jogá-los fora.

— Queridos conterrâneos — prosseguiu o poeta. — A situação é grave e complexa. Tenho plena consciência de minha estupidez ao ironizar o Imperador. Falei sem pensar... mas o mal aí está e é irreversível. Não quero que vocês se sintam ameaçados. Tanto o Abade quanto o Conselheiro mereceram o que o tempo lhes reservou. Espero que todos vocês me ajudem a evitar a terrível condenação que paira sobre nós.

— Ninguém poderia imaginar reação tão fulminante — ponderou, afinal, o Administrador. — Você ultrapassou os limites do razoável. Eu tentei alertá-lo, mas, infelizmente, você não se deu conta. Agora, ao castigar o Abade e o Conselheiro Mu, você teve a oportunidade de conhecer o que significa o poder absoluto. Esse documento o coloca, de fato, no lugar do Imperador, no que diz respeito à ideia maluca de remover a montanha; e eu lhe rogo que use esse poder com parcimônia, sem esquecer os princípios que seu pai lhe ensinou e todos nós procuramos respeitar. Não importa os sentimentos que possamos ter em relação a você, por nos fazer perder uma excelente oportunidade e colocar nossa vida em risco. Agora só nos resta um caminho: vamos remover a maldita montanha!

— Certo! — gritou o Senhor Chai.

— Pouco tempo teremos de hoje em diante — acrescentou Shi Jin — para cuidar de nossos interesses pessoais. Aproveitemos o resto da noite para comer, beber o que sobrou do Vinho Imperial e gozar o suave encanto dessas três deusas. Música, por favor...

Todos riram, como se a sentença do Imperador tivesse sido suspensa, e um vozerio tomou conta do salão, até que se ouviram os primeiros acordes. Soubessem ou não, estavam se despedindo, para sempre, de uma época feliz e sem cuidados.

Na manhã seguinte acordaram tarde e lavaram um bom tempo a explicar aos familiares o que tinha acontecido. A consternação foi geral. Houve choro, gritos, lançaram-se maldições sobre Shi Jin, até que os ânimos serenaram e todos se convenceram de que a única solução era seguir adiante. A viúva Yan, mãe do poeta, não se deixou levar pelo desespero. Sabia que o filho, embora imaturo e às vezes petulante, fora dotado de um coração generoso. Inteligente e perseverante, acabaria por se sair bem daquela empreitada, que após concluída o tornaria famoso, como o próprio Imperador vaticinara. Afinal, remover uma montanha talvez fosse mais difícil do que erguer uma muralha.

Ela abraçou o filho e o estimulou a dar resposta à altura. Quando o Mais Perfeito e sua família se sentassem na casa de chá, a olhar o mar, certamente reconheceriam o valor de Shi Jin.

— Vá, meu querido. Estou certa de que você não necessitará de cinco anos para concluir a tarefa.

Shi Jin caminhou até o prédio da Administração e mandou chamar Wen Wenbao, que naquele momento procurava um lugar onde alojar o destacamento deixado pelo Imperador.

— Não encontrei nenhum espaço adequado — ponderou ele, ao voltar. — Alguns pais mostraram-se preocupados com a presença de tantos soldados, jovens, em sua maioria, como se a honra de suas filhas estivesse ameaçada. Temos que manter rígida disciplina, pois se eles ficarem perambulando por aí, sem uma tarefa definida, acabarão fazendo besteiras. Muitos deles são rudes e se deixarão levar pelos instintos.

— Isso se resolve facilmente. Você vai reuni-los aqui, ler o documento Imperial e adverti-los de que olhares, palavras, gestos e atitudes maliciosos, dirigidos a uma mulher, seja qual for sua idade, serão punidos com vergastadas e condenação ao exílio. Qualquer agressão física ou violência sexual implicará em decapitação sumária. Não se admitirá reparação do ato, por meio de pagamento ou casamento, ainda que a vítima ou seus familiares concordem. Entendido?

— Sim, Excelência.

— Deixe a formalidade, ao menos quando estivermos sós.

— Agradeço-lhe por sua consideração.

— Podemos instalar a tropa aqui, no segundo andar.

— Não temos camas nem armários...

— O Imperador exigiu que produzamos tudo. Isso nos obriga a manter uma oficina. Construiremos um galpão, atrás deste edifício. Pedirei aos fazendeiros, ou melhor, mandarei que nos cedam as ferramentas e os homens necessários para iniciarmos logo os trabalhos.

— Os soldados construirão o que for necessário. Temos que encontrar um artesão para orientá-los.

— Avô Bai. Foi proprietário de uma oficina de produção e reparo de carroças. Aposentou-se há dois anos. Mandarei chamá-lo. Envie alguns soldados às fazendas, com a requisição de ferramentas. Mas agora vamos ao Templo do Corpo Refulgente de Buda. Não gostaria de agir com violência contra o Mestre Wang, parente de minha mãe, que me viu nascer. Embora eu não seja budista, visitei-o durante muitos anos e tenho com ele uma ótima relação. Imagine sua reação quando eu lhe disser que vamos remover a montanha e destruir o templo.

— Que Buda nos ajude.

A Montanha da Renitente Cegueira de Quem Vê ficava a uma distância de seis *li*. Shi Jin e o Capitão cavalgaram até o início da trilha que contornava a encosta. O caminho, estreito e escorregadio, tinha que ser percorrido a pé. A trilha não levava diretamente ao templo, mas a uma estrada que iniciava no sopé da montanha e subia, serpeando, passando pelo templo, em direção à fortaleza dos bandidos, no topo. Apesar de rústica e pedregosa, essa via permitia o trânsito de carroças, razão pela qual os bandidos haviam construído, a determinadas alturas, plataformas de madeira que, ao serem destravadas, deixavam rolar uma quantidade de pedras suficiente para matar centenas de policiais e soldados que tentassem invadir a fortaleza.

Quando chegaram à estrada, viram uma carroça, com uma das rodas presa numa vala. Um jovem monge conversava com a parelha de bois, tentando convencê-los a redobrar suas forças para liberar a roda. Os animais mugiam, como se entendessem, mas não se moviam.

— Você não tem um chicote, uma vara? — perguntou Shi Jin ao monge.

— Ainda que os tivesse, não poderia usá-los, pois estaria transgredindo o princípio da Misericórdia.

— Isso não me parece razoável — ponderou Shi Jin, irritado. — Se você não vergastar os animais, poderá ficar aqui várias horas.

— A razoabilidade faz parte da Sabedoria, muito valorizada pelo Grande Veículo Antigo. Contudo, o Grande Veículo Posterior ensina ser a Misericórdia superior à Sabedoria.

Shi Jin olhou ao redor, cortou uma vara de bambu e vergastou os animais, cujos cascos resvalaram nas pedras, com o esforço, até que finalmente a roda saiu da vala.

— Viu?! Seus animais compreendem melhor o Grande Veículo Antigo. Qual é seu nome?

— Yang Chun. Sou discípulo do Mestre Wang.

— Pode nos levar ao templo? Ou será que isso afeta seu carma?

— Afeta, sem dúvida. Cada ação, ainda que insignificante, produz consequências. Suponhamos que os senhores estivessem subindo a montanha para praticar um crime. Na condição de veículo, eu agravaria meu carma.

— O veículo, na verdade, teria sido a carroça — concluiu o Capitão, rindo.

O templo fora construído numa plataforma natural, formada pelo recuo da vertente voltada para o mar, a pouco menos de um *li* de altura, a contar do nível em que se encontrava a vila. Era uma construção sólida, de pedra, que abrigava o templo, o mosteiro, com cento e poucas celas individuais, e um pagode, rodeados por um jardim e protegidos por um muro que lhes dava o aspecto de fortaleza. O teto, em vários níveis, revestido com telhas esmaltadas, no formato de escamas de dragão, refletia o brilho do sol. A estrada se ramificava, abrindo-se à esquerda, até a entrada do templo, e continuava a subir em direção à fortaleza. Um vigia, postado numa pequena torre, mandou abrir o enorme portão de madeira. No pátio, de costas para o templo e contemplando o mar, erguia-se imponente estátua de Buda esculpida em granito, com altura equivalente a quatro ou cinco homens. Segundo os anais do templo, fora trazida do Tibete. À esquerda e à direita do portão havia um ídolo, um Senhor da Porta, cuja função era impedir a entrada de espíritos malignos. Wen Wenbao juntou as mãos, se inclinou diante do Buda e depois reverenciou os ídolos.

Mestre Wang estava orientando um noviço designado para cuidar de um canteiro de crisântemos. Recebeu os visitantes com um largo sorriso, pois a presença de Shi Jin, embora rara nos últimos anos, lhe causava alegria. Além de inteligente e arguto, o jovem poeta representava, com suas ilusões, o mundo profano, que o Mestre acrescentava como tempero à sua vida excessivamente regrada. Já não descia às cidades, mas estava sempre a par das últimas novidades. Vivia para o espírito, sem desprezar a matéria.

— Sejam bem-vindos, meus filhos.

— Desculpe-me chegar de mãos vazias, Mestre — justificou-se Shi Jin. — Pretendia lhe trazer cogumelos aromáticos, mas não encontrei nenhum. Este é o Capitão Wen Wenbao.

— Não me diga que você se apresentou como voluntário para o serviço militar!

— O Capitão mudou-se para cá, em decorrência de um acontecimento grave, sobre o qual eu quero lhe falar.

— Vamos até o refeitório. Mandarei preparar algum suco refrescante.

Enquanto eram servidos pelo noviço que os transportara na carroça, Shi Jin contou o que havia ocorrido.

— O que estiver mais perto do fogo é o que vai arder primeiro, como diz o povo — concluiu o Mestre. — Você provocou o incêndio e o templo se encontra bem no meio dele.

— Lamento mil vezes minha estupidez, Mestre, mas agora não há o que fazer, a não ser cumprir a determinação do Filho do Céu.

— Não posso permitir que você destrua o templo. É um lugar sagrado, construído há centenas de anos. E ainda que eu concordasse, teríamos que remover a estátua de Buda abençoada pelo Mestre Kumara. Não há como fazê-lo, pois seu peso é enorme. Diz a tradição que a trouxeram por meio de processos mágicos. Tais conhecimentos se perderam durante o reinado de Lang-dar-ma, um inimigo do budismo, responsável pelo desaparecimento do Dharma no Tibete, restaurado somente após sua morte. A estátua, portanto, é inamovível. A menos que você a faça rolar montanha abaixo.

— Aí está! Amarramos a estátua...

— Não há como suportar o peso. Desista dessa ideia maluca, Shi Jin... pensaremos em outra solução. Irei falar com o Imperador.

— Impossível — contestou o Capitão. — Mandará decapitá-lo.

— Então morrerei com o templo, e estou certo de que muitos monges escolherão o mesmo destino.

— Seja razoável, Mestre... não podemos descumprir as ordens do Imperador! — gritou Shi Jin, desesperado com a resistência do religioso. — Para salvar uma estátua de pedra, o senhor condenará à morte ou ao exílio todos os habitantes de Tsi-Yin e sua parentela até o quinto grau de consanguinidade!

— Dê-me algum tempo. Reunirei os monges e pedirei a Buda que nos inspire.

— Caso contrário, ele acabará rolando a ribanceira — concluiu o Capitão, com um sorriso irônico.

— Se me permitis... — disse timidamente Yang Chun, o monge que lhes servira o refresco e agora varria o chão. — Creio que Buda veio em nosso auxílio e fez brotar em minha mente uma inspiração, que tem como fundamento o pudim.

— Não o levem a mal — ponderou o Mestre. — É de uma ingenuidade que beira a tolice.

— O sábio nem sempre é instruído, o instruído nem sempre é sábio — respondeu o monge, com um sorriso matreiro. — Conheceis melhor do que eu os ensinamentos de Lao-Tsé.

— Tens razão — concedeu o Mestre, rindo. — Serve-nos logo esse teu pudim budista e vai tratar dos teus afazeres na cozinha.

— Há anos observo o monge Miao. Quando lhe servimos o pudim individual, redondo, ele jamais o parte em pedaços. Vai desbastando as beiradas com muito cuidado, girando o prato, como se estivesse a trabalhar numa escultura. O pudim continua redondo, cada vez mais fino, equilibrado no centro do prato, como uma pequena torre, até que finalmente já não se aguenta em pé e tomba. Miao se diverte, aquilo deve ser uma espécie de jogo, de desafio.

— E o que tem a pequena torre de pudim a ver com o problema que nos aflige?

— Mas é claro! — exclamou Shi Jin, a rir e a bater palmas. — Como não me ocorreu essa ideia?! Primeiro removemos a parte superior da montanha, até a altura do templo, certo?

— Certo — confirmou o monge.

— Depois, desbastaremos o que resta, abrindo um enorme espaço nas laterais. O templo ficará equilibrado no topo de uma torre natural, que não impedirá uma ampla visão dos golfos.

— E a estrada?

— Será refeita à medida que formos trabalhando, descendo a montanha, até chegarmos ao platô onde se encontra a aldeia.

— Não nos resta outra alternativa — concluiu o Mestre. — Só espero que consigas convencer os bandidos, lá em cima, e que, ao final, a vossa torre seja mais firme que a do pudim.

Ao deixarem o templo, Shi Jin decidiu subir até a fortaleza. Não tinham caminhado nem um *li* quando foram cercados por meia dúzia de homens armados. Um deles conhecia o poeta e o saudou amigavelmente.

— Como vai a tia Yan?

— Minha mãe está bem... com algumas dores nas costas, como sempre, mas nada grave.

— Vieram caçar?

— Não. Queremos conversar com Chen Da, por ordem do Imperador. Este é o Capitão Wen Wenbao.

— Chen Da não gostará de ver que você trouxe um Capitão à fortaleza.

— Este será o menor dos problemas quando souber o que viemos fazer aqui.

— Entreguem-me suas armas.

A fortaleza estava movimentada. Os bandidos tinham assaltado uma comitiva que levava presentes de um Prefeito a um Governador, enorme quantidade de joias, tecidos, obras de arte e dinheiro, cujo objetivo era consolidar mútuos interesses, visando a lucros futuros. Chen Da andava de um lado para outro, rindo e elogiando a ação de seus homens, que acabavam de derrotar uma centena de soldados e agora descarregavam o butim. Ao ver o Capitão, seu humor arrefeceu.

— Que diabos está um servidor imperial a fazer em minha fortaleza?!

— Vieram por ordem do Imperador — respondeu o homem que falara com Shi Jin.

— E eu lá tenho algum assunto a tratar com o Imperador?!

— Meu nome é Shi Jin, sou filho da Senhora Yan, de Tsi-Yin, e tomei a liberdade de vir até aqui porque minha mãe foi amiga de sua falecida esposa, quando o senhor ainda não se havia casado com ela.

— Bem... Esse já é um bom motivo para que eu não os mande matar imediatamente — disse Chen Da, rindo. — Vamos entrar e tomar um gole de vinho, enquanto os senhores me contam essa história do Imperador.

Quando Shi Jin terminou de falar, Chen Da soltou uma gargalhada, que ecoou no salão vazio.

— Escute, meu filho... Eu tenho visto e ouvido muita merda em minha longa existência, mas essa, francamente, é a maior quantidade de merda que alguém conseguiu produzir em tão pouco tempo! Onde já se viu... ironizar o Imperador. Devo admitir que você tem coragem.

O bandido serviu mais vinho, ruminando seus pensamentos.

— Quando é que você pretende iniciar os trabalhos?

— Assim que o senhor e seus homens deixarem a fortaleza.

— Admiro seu senso de humor. Se eu fosse você, terminaria de beber esse vinho e voltaria ao aconchego do lar, junto à Senhora Yan, sua mãezinha.

— Com todo respeito, Senhor Chen Da — contestou o Capitão. — Shi Jin foi nomeado Alto Funcionário pelo Imperador, com poder de vida e morte sobre todos aqueles a quem se dirigir.

— Vejo que o senhor também é um homem de coragem. Como tem a petulância de falar comigo dessa maneira?! A uma ordem minha, vocês descerão a montanha sem suas cabeças!

— No documento de nomeação — prosseguiu Wem Wenbao, sem perder a calma —, o Imperador deixou bem claro que um atentado à integridade física de Shi Jin será punido com a morte.

— Onde está o documento?

— Em casa — respondeu o poeta. — Mas não vim com intenção de pressioná-lo, e sim de chegar a um acordo.

— Volte com o documento, eu o lerei com toda atenção e depois... limparei minha bunda com ele! Pouparei suas vidas, Shi Jin, porque minha mulher tinha grande respeito por sua mãe, uma senhora generosa, cuja única falta foi ter um filho arrogante e suficientemente estúpido para desencadear a fúria do Imperador! E agora saiam daqui, antes que eu mude de ideia.

A situação não permitia a Shi Jin desistir facilmente. Só lhe restava agir com astúcia.

— Submeto-me à sua vontade. Contudo, creio haver um aspecto a ser considerado.

— O único aspecto é minha paciência, que já se esgotou! — exclamou o bandido, agarrando Shi Jin pelos cabelos e colocando uma faca em sua garganta.

— Minha vida lhe pertence! Peço-lhe apenas que me escute e depois nos conceda a graça do seu perdão.

— Fale.

— O Imperador é conhecido como o Filho do Céu. Não se trata apenas de um título, e sim de uma ascendência divina. Contrariar sua vontade pode ter consequências funestas. Ainda guardamos na memória a peste que dizimou populações e chegou à Capital, no terceiro ano do período Jia You, durante o reinado do Imperador Ren Zong. A peste só retrocedeu após o grande serviço realizado pelo divino Zhang, Mestre dos Taoistas.

Uma gargalhada sacudiu o corpulento bandido que, largando os cabelos de Shi Jin, lhe deu um leve tapa no rosto, gesto mais amigável que agressivo.

— Você quer me convencer de que recusar sua ideia maluca de remover a montanha pode acarretar a fúria do Céu?!

— É o que tem ocorrido com certa frequência.

— Vale dizer, você coloca o Céu a serviço de sua estupidez. Os deuses estão lá, reunidos, a conversar e a beber, quando chega um mensageiro, ansioso e suarento: Chen Da se nega a obedecer Shi Jin, poeta desmiolado, ao qual o Imperador, certamente bêbado, concedeu poder de vida e morte sobre quem se negar a colaborar com ele. Absurdo! Gritam os deuses. E se põem logo a preparar uma nova peste...

Atacado por um acesso de riso, Chen Da desenhou um gesto no espaço, ordenando que se retirassem. Shi Jin e o Capitão se curvaram, numa reverência, e saíram.

— Você acha mesmo que o Céu o castigará? — perguntou Wen Wenbao ao chegarem à estrada.

— Se fizermos nossa parte, com toda certeza.

O plano de Shi Jin teria que superar apenas um obstáculo: galgar uma das vertentes da montanha, cuja segurança não preocupava os bandidos, por se tratar de um despenhadeiro aparentemente inacessível.

Nos dias seguintes, soldados desceram à planície e às regiões pantanosas, com a incumbência de capturar ratos, baratas, sapos, serpentes, lesmas, escorpiões, morcegos e outros seres repugnantes. Voltaram com uma quantidade tão grande que Shi Jin poderia abrir uma sucursal dos infernos. O Capitão escolheu alguns homens para escalar o abismo. Vestidos de negro, com sacos amarrados às costas, agarraram-se às reentrâncias das rochas, protegidos pelas nuvens que encobriam a Lua, e chegaram à fortaleza. Não havia nenhum guarda à espreita, e, pelos ruídos vindos do interior da muralha, concluíram que os bandidos deviam estar comemorando mais um assalto. Havia na muralha uma abertura, pela qual saíam as águas servidas. Os invasores acenderam tochas e rastejaram pelo canal, até a cozinha, abriram os sacos e despejaram os emissários da peste nos corredores desertos.

Quando vários bandidos, picados por escorpiões e serpentes, adoeceram gravemente ou morreram, o supersticioso Chen Da recordou as palavras de Shi Jin. Convencido de ser a fortaleza inexpugnável, não lhe ocorreu a ideia de que alguém pudesse ter ali penetrado. Ele próprio se viu aferroado por um escorpião e ficou à beira da morte. Mandou sacrificar 50 bois e 100 carneiros aos deuses do Céu e da Terra. Como resposta, viu surgir no horizonte uma nuvem de gafanhotos que devorou toda a vegetação existente no interior e nos arredores da fortaleza. Shi Jin também ficou surpreso com aquela praga, mais eficiente do que a criada por ele, talvez por ter vindo pelo alto, da região administrada pelos deuses. A resistência do bandido finalmente cedeu quando, alguns dias depois, um incêndio destruiu a cozinha e boa parte dos alimentos, obra de um único homem que galgara o abismo. Chen Da reuniu chefes a ele subordinados e decidiram abandonar a fortaleza, talvez para se juntar a outro grupo mais poderoso, prática, aliás, muito comum naquela época. A afronta aos deuses custara a Chen Da uma das pernas, necrosada pelo veneno do escorpião. Antes de partir, como prova de que cedia à determinação do Filho do Céu e de seus protetores divinos, mandou incendiar o que restara da fortaleza.

Enquanto Shi Jin e o Capitão procuravam se livrar dos bandidos, os soldados construíram o galpão. Pai Bao foi trazido para orientar os carpinteiros que iam fabricar os carrinhos de mão e os carroções. Havia envelhecido muito, desde que Shi Jin o vira pela última vez, e estava quase cego. Era auxiliado pelo genro, Li Ji, a quem ensinara o ofício. Não se davam muito bem, porque Li Ji gostava de beber, e quando ficava embriagado se tornava resmungão e agressivo, chegando a bater na mulher e nos filhos. Pai Bao o advertira de que, se não dominasse o demônio interior, acabaria esfaqueado numa taberna. Quando sóbrio, contudo, o genro era afável e tratava o sogro com deferência. Logo no primeiro dia, Shi Jin percebeu que Li Ji havia bebido. Não estava embriagado, mas sua voz parecia tropeçar no raciocínio.

— Você gosta de beber — disse Shi Jin.

— Sim, Excelência... um pouco, muito raramente.

— É casado, tem filhos?!

— Sim, Excelência.

— Quando se embriaga costuma bater neles?

— Nem sempre, Excelência.

— Já tentou abandonar o vício?

— Sim, Excelência... algumas vezes.

— Necessito de seus serviços, e como tenho certeza de que você continuará a beber e a me causar problemas, vou lhe dar um remédio que o curará de vez. O que acha disso?

— E se eu bebesse apenas um pouquinho?

— Quando provar do remédio ficará longe da bebida para sempre. Capitão, leve este beberrão covarde, espancador de mulheres e crianças, e mande que lhe apliquem, imediatamente, 30 golpes de bambu grosso. Concedo-lhe três dias para se recuperar das feridas. Caso o encontre embriagado, não se dê ao trabalho de me consultar. Corte-lhe a cabeça e coloque-a espetada numa estaca, na porta de alguma taberna.

Li Ji baixou os olhos e não se atreveu a falar. O Capitão tomou-o pelo braço e o conduziu ao sacrifício. Pai Bao ia acompanhá-lo, mas Shi Jin o deteve.

— Não se preocupe. Embora a mente e a vontade de seu genro sejam frágeis, o corpo tem boa estrutura e resistirá. O remédio é amargo, mas eficaz. Sua filha e seus netos viverão em paz e Li Ji se tornará um mestre em seu ofício.

Durante o tratamento, que não chegou à vigésima vergastada, Li Ji desmaiou várias vezes. Seu corpo ficou coberto de feridas e o nariz se converteu numa fonte a verter sangue. Mas embora gemesse a cada golpe, ele não gritou nem pediu clemência.

— Deixaremos os golpes restantes para outro dia — concluiu Wen Wenbao —, a menos que você já esteja curado.

Quando voltou ao trabalho, uma semana depois, Li Ji ainda caminhava com dificuldade, arrastando uma das pernas, e tinha o corpo encurvado. Shi Jin sondou-lhe os olhos, à procura de algum sentimento, uma centelha de ódio, talvez, mas só encontrou o vazio. O demônio havia partido e levado com ele a alma de Li Ji. Mas não conseguiria retê-la por muito tempo. "A vida", pensou Shi Jin, "tem enorme capacidade de regeneração. Em poucos dias esses olhos voltarão a brilhar." E, de fato, duas semanas depois, Li Ji estava recuperado e chegou até a sorrir para Shi Jin, numa espécie de inesperado agradecimento. Seu corpo se movia com desenvoltura e a voz lhe saía firme, estruturada, como se tivesse assimilado o cerne do bambu. Shi Jin não mandara espancar Li Ji por maldade ou apenas para lhe curar o vício. A notícia do espancamento correu a aldeia e todos se puseram em alerta, para que seus pensamentos, palavras e obras estivessem em sintonia com os desejos de Shi Jin.

Por mais que os homens se esforçassem, a construção dos carroções avançava bem mais lentamente que a das camas e dos armários, os quais ficaram prontos em poucos dias. A primeira dificuldade surgiu na escolha da madeira. Para suportar o enorme peso da terra e das pedras, os carroções tinham que ser construídos com madeira de figueiras, mais dura e resistente. Por uma ironia da Natureza, que não se preocupava com as necessidades de Shi Jin, ou porque os moradores as tivessem utilizado em demasia, durante séculos, as raras figueiras existentes na montanha a ser removida estavam em lugares de difícil acesso, nos quais abundavam alfarrobeiras, salgueiros, palmeiras, bananeiras e bambus, que, obviamente, não atendiam às necessidades do momento. Na montanha fronteiriça, onde se localizava o templo Taoista, havia não só inúmeras figueiras como árvores frutíferas, pinheiros, ciprestes e bambus gigantes. Shi Jin não contava com aquele trabalho adicional. Teriam que retirar um grande número de árvores. Além disso, para derrubar um espécime, destruiriam vários outros, ao redor e ao longo das trilhas para removê-lo.

As árvores eram cortadas, desgalhadas, presas a correntes e retiradas por juntas de burros, os únicos animais capazes de se movimentar naquelas encostas íngremes e resvaladiças. O outono se aproximava do fim e a temperatura começava a cair. Quando chovia, o chão ficava encharcado, as árvores arrastadas afundavam na lama e os animais tinham dificuldade em movê-las. Cada movimento devia ser bem pensado, para evitar que os burros escorregassem e terminassem no fundo do abismo. E, à medida que as dificuldades aumentavam, crescia o vozerio dos lenhadores e condutores, a que não faltavam xingamentos, imprecações e gritos de advertência, acrescidos de estrondos provocados por árvores a cair, zurrar de burros duramente vergastados e uma algaravia de pássaros e animais silvestres em debandada.

Quando os primeiros carroções ficaram prontos, o inverno já ia avançado e ambas as montanhas estavam cobertas de neve. Para levar os carroções ao topo da montanha, havia duas possibilidades: descer a estrada que ligava a aldeia à planície e depois subir a outra, que passava pelo templo budista e seguia até a fortaleza; ou alargar a trilha que ligava a aldeia a esta segunda estrada, a meio caminho do templo. As razões que haviam resultado na construção de duas estradas, quando apenas uma teria sido suficiente, perdiam-se nas brumas do passado ou nos corredores do Palácio Imperial, de onde emanavam as ordens e o dinheiro necessário para as obras de tamanho porte. Dizia-se que os primeiros monges budistas, responsáveis pela construção do templo, queriam viver em isolamento, sem o inconveniente de ter que passar pela aldeia. Essa tranquilidade, contudo, fora quebrada quando os bandidos decidiram prolongar a estrada até o alto e construir a fortaleza, com seus próprios recursos, obviamente, sem que a Administração Imperial soubesse de sua existência. Quer por deferência à religião, quer por evitar problemas, os ladrões sempre respeitaram os monges e o templo, a não ser quando utilizavam a estrada, com grande estardalhaço, já que o exibicionismo e a fanfarronice faziam parte de sua natureza.

— Julguei mais conveniente alargar a trilha — opinou Wen Wenbao —, pois recuperaríamos o tempo encurtando a distância a ser percorrida em centenas, talvez milhares de viagens durante cinco anos! Mas essa não me parece uma boa solução.

— Não vejo outra alternativa — contestou Shi Jin, impaciente.

— Imagine o que significará descer uma estrada íngreme com os carroções carregados de pedras e de terra, um peso enorme que, num solo resvaladiço, os burros não conseguirão suportar.

— Aumentaremos o número de animais para cada carroção.

— Isso poderia ajudar se estivéssemos subindo, aumentaria o poder de tração; mas, na descida, os animais têm que exercer uma força contrária, não para arrastar o peso, mas para contê-lo. Aumentar o número deles não impedirá que acabem esmagados ou lançados no fundo do abismo.

— E então?

— Ou usamos carroças, com menos peso, num absurdo número de viagens, ou lançamos árvores, pedras e terra vertente abaixo.

— Mas há o mosteiro, a meio caminho, e uma cidade junto ao pé da montanha!

— Usaremos uma encosta afastada do templo, que desce até o Lago das Mil Visões de Buda.

— O qual, com a poeira levantada, passará a se chamar o Lago de Toldada Visão de Buda — exclamou Shi Jin, rindo.

— Isso nos pouparia tempo e trabalho, diminuiria o número necessário de carroções e eliminaria o trânsito na estrada em ambos os sentidos, que acabaria por se transformar numa balbúrdia, com incidentes sem fim. O Imperador lhe preparou uma cilada. Para você, remover uma montanha talvez soe como algo impreciso, uma imagem poética, mas será que lhe ocorreu que ao retirá-la de um lugar devemos colocá-la em outro?

Shi Jin saltou da cadeira, como que impulsionando por invisível mola, a boca e os olhos abertos numa convulsão.

— Filho de um cão! — murmurou finalmente.

— Você quis dizer Filho do Céu — brincou o Capitão, pois essa simples agressão verbal à figura do Imperador bastaria para condenar Shi Jin a morte.

— Referi-me a mim mesmo — corrigiu ele, percebendo a gravidade da situação. Felizmente Wen Wenbao não fora colocado ali como espião ou delator e uma certa camaradagem começava a se estabelecer entre os dois. — Filho de um cão por não ter medido minhas palavras, por ter causado tamanho desastre! Você sugere, então, que lancemos a montanha no lago.

— Onde mais a poderíamos meter?

— Haverá uma comoção, os habitantes da cidade irão ao Imperador, ele ficará furioso e mandará me executar, para resolver logo a questão.

— O Mais Perfeito nada mencionou a respeito dos meios utilizados. Sua única tarefa consiste em remover a maldita montanha!

— Devo admitir que sua ideia é brilhante... e assustadora.

Mas havia um detalhe: a vertente escolhida como sumidouro era coberta de árvores e a execução da brilhante ideia de Wen Wenbao dependia de sua total eliminação. Shi Jin ordenou ao Capitão que reunisse uma centena de homens para iniciar a remoção. Apenas alguns eram lenhadores, a maioria não tinha qualquer experiência, o que dificultava o trabalho e certamente acabaria por provocar acidentes. Pai Bao foi chamado para orientá-los e ao anoitecer do primeiro dia haviam conseguido limpar uma pequena área. Embora os homens estivessem cansados, o Capitão ordenou que se acendessem fogueiras, para que os tocos e as raízes fossem removidos. O trabalho se estendeu até o final da quarta guarda, sem que a área desmatada ficasse completamente limpa. Aquilo prosseguiu durante um mês. As chuvas e as nevascas dificultavam ainda mais a tarefa. Os homens, extenuados, adoeciam e eram substituídos. Pai Bao, já idoso, sofria muito com o frio e não conseguia caminhar na neve. O Capitão, temeroso de que ele adoecesse, chamou um soldado corpulento para carregar o simpático velhinho nas costas, até sua casa.

— Acenda a lareira, Pai Bao, faça um chá e descanse por alguns dias. Seus conhecimentos são muitos preciosos e não podemos perdê-los. Ainda há muitos carroções por fazer.

Preocupado com a lentidão, Shi Jin determinou que, ao fim da quarta guarda, uma nova turma continuasse o trabalho. A espessura da neve aumentava, os animais já não conseguiam arrastar a carga e os homens se movimentavam com dificuldade, em meio ao emaranhado de troncos e galhos tombados. Arrancar tocos e raízes era uma tarefa exasperante. Embora usassem agasalhos e luvas, os homens se viam obrigados a interromper o trabalho para se aquecer junto às fogueiras. Alguns, temerosos de sofrer um castigo, prosseguiam, até que suas mãos ficassem enregeladas e insensíveis. Uma noite, durante uma terrível nevasca, Wen Wenbao decidiu enviar todos de volta às suas casas.

— Não compreendo qual a razão que o levou a essa decisão absurda! — protestou Shi Jin.

— A neve não para de cair, os homens, exaustos, estão adoecendo. Se você pretende evitar que sejam mortos, no final, pelo Imperador, não vejo sentido em matá-los de trabalho agora.

— Mas se nos detivermos a cada passo, por esta ou aquela razão, a montanha nos derrotará! Você está amolecendo. Temos que nos manter firmes, implacáveis, pois o ser humano é astuto, e quando percebe uma fraqueza se insurge e se nega a obedecer. A montanha é feita de terra, de pedras... e só pode ser vencida com dureza!

— Você se esquece de um dos ensinamentos básicos de Lao-Tsé — contestou o capitão, rindo. — Não existe nada mais frágil do que a água e, contudo, ela vence o mais resistente. O que há de mais tenro, no mundo, sempre derrota o mais duro. A dureza e a resistência são indícios de morte. A suavidade e a flexibilidade se manifestam na vida.

— Você parece aquele monge cuja carroça teve uma roda presa na valeta. Há situações em que o nosso venerado Lao-Tsé pode nos conduzir à destruição. A tibieza da água amolece a pedra, mas certamente nada conseguirá contra a determinação do Imperador. Aquecidos pelo fogo das lareiras e pelas atenções de suas mães e esposas, os homens procurarão se furtar ao duro trabalho e ao frio. Teremos que fazer cantar o bambu em seus lombos. Esse será o resultado de seu amolecimento.

— A precipitação não nos poupará tempo. As melhores ideias nascem da calma.

— E a sua boa ideia foi deixar que nossos ursos hibernem.

— Sugiro que esperemos até o início do verão. Quando a vegetação estiver bem seca, incendiaremos a mata. Restarão apenas cinzas, cuja remoção será bem mais simples e rápida do que transportar uma enorme quantidade de madeira.

— Incendiar tudo?!

— Não. Somente a vegetação que cobre a vertente destinada ao escoadouro. Controlaremos o fogo para que ele não se espalhe.

— Mas ainda há trabalho a fazer no inverno. Temos que alargar a trilha para unir as duas estradas.

— Isto não será necessário. Desceremos os carroções até a planície e subiremos a estrada que leva à fortaleza. Depois, como vamos jogar o entulho no sumidouro, não haverá necessidade de utilizar a estrada. Os carroções ficarão trabalhando lá em cima, o que nos possibilitará reduzir seu número.

— Excelente ideia! A água do seu bom senso venceu a rigidez do meu raciocínio. Contudo, lamento contrariá-lo no que se refere à hibernação dos trabalhadores. Antes de incendiar a mata, precisamos cortar uma boa quantidade de lenha, a fim de manter acesos os fogões, a forja e as lareiras durante o que resta de inverno e para os próximos anos. E eu não acho conveniente que o façamos apenas no início da primavera. Já perdemos muito tempo.

Embora liberados do trabalho noturno, os aldeões continuaram a sofrer o suplício de um inverno extremamente rigoroso.

A neve desabava em grandes flocos, os animais e as árvores derrubadas continuavam atolados. O Capitão se viu obrigado a restabelecer o trabalho noturno e os homens se esforçavam ao máximo, temerosos de provocar a cólera de Shi Jin. Alguns adoeceram, mas ao chegar a primavera uma grande pilha de lenha para queimar e um bom número de vigas e tábuas foi orgulhosamente apresentado a Shi Jin, que deu aos trabalhadores uma semana de repouso.

Ninguém se atrevera a mencionar a Festa dos Antepassados, no início do inverno, e todos aproveitaram o primeiro dia de folga para cultuar seus mortos. Na semana seguinte, no décimo quinto dia do Ano-Novo Lunar, deveria ocorrer a Festa da Lanterna, que foi antecipada. Assim, à visita aos túmulos dos familiares e às cerimônias fúnebres seguiu-se um dia de regozijo. Os monges taoistas, chamados às pressas, produziram um bom número de lanternas, que foram acesas e dependuradas nas ruas e nas portas das casas. Por um breve momento, os aldeões esqueceram os sofrimentos do inverno e a dureza do trabalho.

No Templo de Suprema Autoridade Taoista, Mestre Liu já fora informado de que Shi Jin pretendia incendiar uma das vertentes da montanha. Após a humilhação sofrida e as vergastadas, nutria um ódio silencioso contra o poeta e se preparava para a vingança.

Durante a primavera, os trabalhadores não permaneceram inertes. Atormentado pelo receio de que o tempo não seria suficiente para o cumprimento da tarefa, Shi Jin ordenou que algumas centenas de homens demolissem a fortaleza dos bandidos. O trabalho, além de exaustivo, era confuso, pois ainda não podiam lançar o entulho na vertente e este ia se acumulando nas laterais da fortaleza, o que dificultava a movimentação dos carroções.

Impaciente, Shi Jin mandou que se incendiasse a mata, mas o Capitão o convenceu de que a vegetação ainda estava úmida. A autoridade do Imperador nada podia contra os ditames da

Natureza. Shi Jin, então, decidiu dirigir os trabalhos pessoalmente, o que dificultou ainda mais as coisas. Intimidados, os homens passaram a trabalhar em silêncio. Ouvia-se apenas o ruído das ferramentas e das pedras removidas das grossas paredes. Shi Jin caminhava de um lado para o outro, excitado, gritando ordens, recriminações e ameaças, pois embora os aldeões se esforçassem além dos limites de suas forças, a demolição avançava lentamente.

Faltavam alguns dias para o término da primavera quando a remoção terminou. O que antes compunha um conjunto harmonioso, imponente, se transformara num amontoado caótico, cujo volume e cuja altura davam a impressão de que a estrutura do colosso continuava na mesma.

— Vamos incendiar logo essa maldita vegetação — disse Shi Jin, irritado.

— O ideal seria...

— O ideal é não acabarmos todos mortos! O ar está seco e há calor suficiente. Não quero ser surpreendido por uma chuva extemporânea, provocada pelos Espíritos da Montanha. Para lhes conquistar a boa vontade, reúna alguns monges budistas e prepare uma oferenda.

Alertado por um espião, Mestre Liu mandou que alguns noviços de sua confiança se escondessem nas cercanias do templo budista. Quando o Capitão e seus soldados começaram a incendiar a mata, os noviços atearam fogo nos arbustos abaixo dos limites estabelecidos por Wen Wenbao, ao longo dos quais as chamas deveriam ser contidas. O incêndio cresceu rapidamente, impulsionado por ventos inesperados, e consumiu a maior parte da mata, chegando ao sopé da montanha. O templo só não foi atingido por se encontrar numa área rochosa, na qual a vegetação era escassa e rasteira. Mas o pomar, em decorrência do meticuloso trabalho dos noviços, acabou transformado em cinzas. Mestre Wang e alguns monges, ao tentar salvá-lo, sofreram queimaduras.

Os animais fugiam em debandada. A fumaça e a fuligem tornavam o voo impossível e as aves tombavam sobre os telhados, debatendo-se em agonia. Desgovernados, como que insuflados por algum espírito maligno, os ventos carregavam a fumaça em direção à cidade vizinha, na planície. Antes que os moradores tivessem tempo de fechar as janelas de pergaminho, as casas foram invadidas por enxames de moscas e mosquitos em fuga. Sapos, serpentes e gatos pescadores, habitantes dos pântanos e das plantações de arroz, ao redor do lago, buscaram refúgio nos quintais. Uma raposa, com a pelagem em chamas, entrou na sede da Prefeitura e, depois de causar pânico entre os funcionários, caiu morta diante dos olhos atônitos do Prefeito.

No dia seguinte, Mestre Wang enviou um monge à aldeia, para se informar sobre as causas do incêndio. Shi Jin o recebeu pessoalmente e ao saber que o Mestre e alguns monges haviam sofrido queimaduras, lamentou não os ter avisado a tempo. Felizmente, ninguém se ferira com gravidade. Shi Jin mandou dizer ao Mestre que o incêndio fora acidental, provocado pelas brasas de uma fogueira acesa na noite anterior e que os soldados se esqueceram de apagar. Prometeu visitá-lo assim que possível e ofereceu toda ajuda que se fizesse necessária, caso o templo tivesse sofrido algum dano.

Muitas árvores não se haviam queimado completamente e ainda restavam destroços a serem removidos. Shi Jin recomendou que não se perdesse o tempo com a retirada das cinzas, pois desceriam a vertente com as próximas chuvas, mas o tempo continuou seco e os ventos as levantavam em todas as direções, tornando o ar irrespirável.

Talvez por ironia ou propensão ao desastre, Shi Jin escolheu o dia da Festa da Esplêndida Claridade, dedicada à memória dos mortos, na metade do Terceiro Mês Lunar, para iniciar o derrame do entulho no sumidouro e, consequentemente, no lago. Para arrastar os destroços que restavam do incêndio, era necessário despejar, de uma só vez, a maior quantidade de entulho possível.

Inspirando-se na estrutura das armadilhas, Shi Jin mandou construir plataformas de madeira, sustentadas por cordas, sobre as quais os trabalhadores amontoaram um enorme volume de pedras. Quando as cordas foram cortadas, a avalanche se precipitou no abismo com tamanho estrondo que os habitantes da cidade, lá embaixo, julgaram ser provocado por um terremoto. As águas do lago se agitaram em ondas que se propagaram até as margens, invadindo pântanos e plantações de arroz, afugentando peixes, sapos, serpentes, tartarugas e outros animais. Os aldeões se assustaram não só com o estrondo como também com o grande número de peixes-gato, anfíbios, que, movendo as aletas peitorais, saíam da água e corriam pelos campos, em busca de abrigo.

O Prefeito e os membros do Conselho não conseguiram atinar o que provocara o incêndio e o deslocamento de pedras. Uma hipótese, aventada por um dos Conselheiros, dizia respeito ao pouco fervor com que a população lembrava seus mortos, nos últimos tempos, provocando-lhes certamente a ira. Encarregaram um sacerdote de preparar sacrifícios. Mataram-se vários bois, queimaram-se réplicas de lingotes de ouro e prata, entoaram-se encantamentos durante alguns dias, mas as pedras continuavam a cair.

Uma das pedras, desviada de sua rota, saltara o muro do templo e se chocara com a estátua de Buda, provocando a indignação do Mestre Wang, a quem não passara despercebido o rumor das ferramentas, que antecedera o estrondo da avalanche. Certo de que não só o desabar das pedras como o incêndio haviam sido provocados pelos trabalhos ordenados por Shi Jin, decidiu fazer-lhe uma visita. Quando Shi Jin o viu chegar, imaginou que teria de ouvir um sermão pleno de recriminações. Chamou o Capitão Wen Wenbao e foi receber o sacerdote sem, contudo, exibir o costumeiro sorriso.

— O senhor sabe o quanto eu o estimo e respeito, Mestre — foi ele dizendo, antes que o abade pudesse manifestar desagrado ou indignação. — Sua presença é sempre bem-vinda, mas se veio para me recriminar, peço-lhe que não perca seu tempo. Estou ciente dos transtornos que nosso trabalho tem causado, mas não há como evitá-los. A vida de todos os aldeões está em minhas mãos, a montanha é um animal feroz, que não se deixará dominar facilmente e cinco anos se precipitam no abismo do passado com a velocidade de uma avalanche. Não quero ser rude, Mestre, mas lhe peço que deixemos esta conversa para outra ocasião, quando meus nervos estiverem mais relaxados.

— Vim como amigo e não como censor. Quero apenas entender o que o levou a incendiar a mata e a derramar as pedras no lago. Não posso crer que você pretenda lançar nele a montanha.

— Onde mais a poderia colocar em tão pouco tempo?!

Sem ocultar sua impaciência, Shi Jin explicou ao abade os fundamentos de suas ações, aparentemente insanas.

— Devo reconhecer que não há alternativa — conclui Mestre Wang, com um sorriso amargo. — Como diz o povo, consideradas as 33 maneiras de sair de um apuro, a melhor é sair. Não vim aqui apenas por temer o que possa acontecer com a aldeia e seus habitantes, ou com os danos causados à Natureza. Preocupo-me com você. Raros são os homens aos quais a vida oferece tantas oportunidades e, no entanto, vejo-o agora tão distante do Caminho que sou levado, mais uma vez, a concordar com Lao-Tsé: o Céu e a Terra nada têm de humanos. Não atuam com piedade. Diante deles milhares de seres são apenas cães de palha, cujo destino é a destruição pelo sacrifício. Eu o julgava especial, dotado de qualidades excepcionais. Na verdade, perante o Tao, isso pouco importa. Somos todos fadados ao sacrifício. E, por razões misteriosas, você foi escolhido para destruir, antes de ser destruído.

Quando o Abade se inclinou, para se despedir, havia lágrimas em seus olhos. Shi Jin permaneceu impassível e nem sequer se inclinou, pois as palavras do Mestre o haviam ferido profundamente.

— É natural que os velhos acabem desiludidos — ponderou o capitão.

— Mestre Wang não é apenas um velho. Sempre o considerei um sábio, um homem virtuoso, perfeito.

— Segundo o ensinamento que ele acaba de nos ministrar, isto pouco importa — concluiu o Capitão, rindo. — Todos nós, sem exceção, somos apenas cães de palha. E, pelo que vejo, o ladrar daquele cão o deixou abalado.

— É um bom homem e suas palavras de fato me tocaram. Mas isso já ficou no passado. Vamos ao trabalho, que a montanha não é de palha!

Logo após a saída do Abade, chegou uma comitiva enviada pelo Prefeito da cidade situada na planície, a fim de descobrir o que estava acontecendo. A pouca paciência que restara a Shi Jin havia sido consumida pelo diálogo com o Abade e ele despachou a comitiva dizendo apenas que os transtornos se deviam à demolição da montanha, ordenada pelo Imperador. Os visitantes protestaram, não podiam crer no que acabavam de ouvir, um disparate indigno da inteligência do Filho do Céu.

— O Prefeito goza da simpatia do Imperador e certamente mandará apurar os fatos — asseverou o Comissário.

— Não será necessário — atalhou o Capitão, exibindo o documento imperial. — Vocês estão diante do Imperador e eu os aconselho a se retirarem. Em silêncio.

— Esta afronta não ficará sem punição — murmurou o Comissário, ao sair.

A montanha reservava uma surpresa. Quando os trabalhadores terminaram de lançar o entulho no escoadouro e começaram a cavar o solo, constataram que sob a camada de terra havia uma enorme quantidade de pedras, algumas enormes, que só poderiam ser removidas aos pedaços.

— Tenho a impressão de que encontraremos, sob a superfície, uma única rocha, de alto a baixo! — exclamou Shi Jin, desanimado. — Os homens da aldeia não bastam para demolir esse maldito gigante. Mandarei buscar mão de obra lá embaixo.

— A comitiva saiu daqui furiosa — ponderou Wen Wenbao. — Certamente não poderemos contar com a boa vontade do prefeito.

— Envie um de seus homens, vestido como um trabalhador, para sondar o que se passa na cabeça daquele palerma, que deve ter a língua desgastada de tanto lamber as botas dos poderosos na Capital.

O espião retornou com a notícia de que o Prefeito deixara a cidade, protegido por uma escolta, para falar com um dos Ministros, seu parente, a fim de conseguir ser recebido pelo Imperador.

— Desça imediatamente com seus homens, vestidos como bandidos, e prepare uma emboscada — ordenou Shi Jin ao Capitão. — Mate o Prefeito e todos os que estiverem com ele. Certamente levará presentes destinados ao Ministro e ao Imperador. Roube tudo, inclusive os pertences de valor que encontrar com as vítimas. Deixe escapar apenas um membro da escolta, para que volte à cidade com a triste notícia. Mantenha soldados acampados junto à estrada, a fim de evitar que algum emissário chegue à Capital. Quero que o Imperador nos esqueça durante os próximos cinco anos. Se lhe provocarmos a ira, nossa existência chegará abruptamente ao fim.

O que mais impressionou Wen Wenbao, ao voltar da missão, foi a indiferença com que Shi Jin ouviu os detalhes do terrível massacre. Sem prestar muita atenção ao que o outro dizia, recomendou-lhe que mandasse confeccionar a bandeira imperial, um dragão vermelho sobre fundo amarelo. Tal era o medo nutrido pelos aldeões, que a bandeira ficou pronta no dia seguinte. Shi Jin ordenou que o Capitão reunisse seus homens e, ao som de fanfarra, com a bandeira a tremular na dianteira, desceram a estrada e entraram na cidade, provocando grande alvoroço, pois os cidadãos julgaram que o Imperador retornara, para restabelecer a ordem na conturbada Tsi-Yin, ou talvez tivesse decidido participar das exéquias em homenagem ao Prefeito. Shi Jin determinou que os dirigentes da cidade se reunissem no quartel, pois o salão principal da Prefeitura estava ocupado pelos sacerdotes e familiares que velavam o corpo do Prefeito. Suas ordens não tardaram em ser obedecidas, pois boa parte dos aldeões ouvira falar do tal documento exibido ao Comissário.

— A maioria de vocês — disse Shi Jin — certamente já conhece o mal-entendido que levou o Imperador a determinar que a montanha seja removida. Não temos trabalhadores suficientes para tamanha empreitada e eu venho convocar 500 homens, que deverão se apresentar ao Capitão Wen Wenbao, aqui presente, em uma semana, portando as ferramentas necessárias para a remoção daquele solo pedregoso. Deixo a critério do Conselho a escolha dos mais aptos, de preferência jovens, não importa se casados ou solteiros. Receberão abrigo, alimentação, salário e terão um dia de folga a cada mês, para visitar seus familiares. A partir de hoje, esta cidade fica sujeita às determinações imperiais, com todas as suas consequências — punições físicas, exílio de toda a parentela até o quinto grau de consanguinidade e decapitação.

— Mas o documento só faz referência aos habitantes de Tsi-Yin! — protestou um Conselheiro.

— Também deixa claro o ilimitado poder a mim concedido. Para que isso fique bem assente na memória de todos, eu o inscrevo como trabalhador na obra imperial, facultando-lhe o direito de rejeitar o honroso obséquio, trocando-o por 20 golpes de bambu, que lhe serão aplicados no lombo imediatamente. O destacamento local deve acompanhar os trabalhadores, para engrossar nossas tropas, e fica, desde já, submetido ao comando do Capitão Wen Wenbao. Estão dispensados.

Shi Jin abriu o leque e os olhos de tigre percorreram o ambiente, à espera de que alguém esboçasse uma reação. Mas o silêncio foi quebrado apenas por suspiros, espirros e tosses nervosas, sem que os dirigentes se atrevessem a abandonar seus lugares.

Para construir os galpões destinados aos novos trabalhadores e soldados, foi necessário derrubar um bom número de árvores na Montanha da Sutil Visão dos Cegos. Mestre Lin, Abade do Templo da Suprema Autoridade Taoista, não se atreveu a protestar. Os homens encarregados do corte das árvores escolhiam-nas sem qualquer critério, nas margens dos córregos e junto as nascentes, onde se encontravam as mais encorpadas. Ao derrubá-las e removê-las, destruíam a vegetação do entorno, afugentando aves e animais silvestres. Além dos galpões, feitos às pressas com madeira, pois o barro tardava em secar, construíram-se camas, armários, mesas, bancos, prateleiras e objetos diversos, o que demandou uma grande quantidade de vigas e tábuas.

Os monges, dedicados à preservação e ao embelezamento do meio ambiente, ficaram chocados com a devastação e lamentaram que Mestre Liu estivesse de mãos atadas. Numa conversa reservada, o Abade deixou escapar sua intenção de mandar envenenar os alimentos destinados a Shi Jin. A trama chegou aos ouvidos do monge Zhu, que havia sido amigo do poeta, na infância, e este logo foi informado não só do risco de morrer envenenado como da sabotagem que ocasionara o descontrole do incêndio.

Shi Jin convocou todos os monges, o Administrador e os Conselheiros para uma reunião no Salão da Sábia Fraternidade. O Abade se recusou a comparecer e foi trazido à força. Não se tratava de um julgamento, pois Shi Jin tinha autoridade para dispensar formalidades.

— Vou lhe fazer uma única pergunta — disse ele ao Abade.
— Você nega ou confirma ser o autor da criminosa propagação do incêndio e de uma trama para me envenenar?

— Confirmo — respondeu o Abade, lançando um olhar de desprezo.

— Com a autoridade a mim outorgada pelo Imperador, condeno-o a 30 vergastadas; a ter gravado no rosto o selo Dourado, com as razões da condenação: incendiário, sedutor de mulheres, libertino e conspirador; portará uma canga ao redor do pescoço; e será exilado para a região de Chen Li, rica em águas estagnadas e campos cobertos de salitre. Não mando decapitá-lo para evitar que seu sangue contamine o solo. Quanto aos monges que participaram da propagação do incêndio ou da conjura, deixo-os em liberdade, por enquanto, para que reflitam. A partir de hoje, o Templo da Suprema Autoridade Taoista fica a cargo do monge Zhu, o novo Abade.

Os galpões foram erguidos na propriedade do Cavalheiro Kong. O barulho ensurdecedor causado pela movimentação dos trabalhadores e pela construção assustava os cavalos criados pelo Cavalheiro. Os animais relinchavam, empinavam, escoiceavam e não se mostravam interessados no ato da reprodução. Quando a construção terminou, eles ainda levaram um bom tempo até voltar ao normal. O Cavalheiro Kong tinha quatro filhas casadas e duas solteiras, o que prenunciava problemas, considerada a presença de tantos homens na propriedade. Shi Jin reuniu-os e os alertou com o mesmo sermão pregado aos soldados.

A primavera havia chegado ao fim e a remoção mal começara. O canteiro de obras se transformara num movimento caótico de trabalhadores, amontoados no topo da montanha como piolhos no couro de um porco. Martelavam, suavam e vituperavam as rochas, cuja resistência parecia zombar da rigidez das ferramentas. Os homens conseguiam remover apenas as pedras menores, e, quando topavam com uma rocha mais volumosa, seguiam adiante, deixando a tarefa aos que os sucediam. No início aquilo passou despercebido, pois ainda havia muita terra a ser removida, mas, depois de algum tempo, os responsáveis pelo andamento dos trabalhos se deram conta de que vultos se erguiam do terreno, como fantasmas, rochas enegrecidas, de formas diversas, cujo volume fazia antever o que haveria abaixo da superfície, confirmando os temores de Shi Jin.

— Teremos que usar explosivos — alertou o Capitão.

— Nossa reserva de pólvora é insuficiente.

— Iremos buscá-la nos destacamentos das cidades vizinhas. Procure convencer as autoridades e evite usar a força. Não podemos sair por aí decapitando e exilando poderosos, sem que o Imperador seja informado.

Há quem imagine que, naquela época, os chineses utilizassem a pólvora somente na confecção de fogos de artifício, e que seu armamento consistisse em lanças, balistas, espadas, punhais, flechas, fundas e similares. Na verdade, havia também canhões de diversos tipos, alguns de grande alcance, granadas explosivas e até lança-chamas, tubos que atiravam, à distância, petróleo incandescente.

Versado nas artes militares, o Capitão desconhecia a utilização de explosivos para fins pacíficos. Na primeira tentativa, a rocha permaneceu impassível. Na segunda, o excesso de pólvora fragmentou-a em centenas de pedaços, que se precipitaram em todas as direções, caindo inúmeros deles sobre Tsi-Yin, causando a morte de galinhas, cavalos, porcos e, assim quis o Céu, da Senhora Tang, que acabara de deixar a casa para cuidar de seus bichos-da-seda. Era muito querida e sua morte causou indignação.

Shi Jin não tardou a perceber uma inexplicável variação na eficiência dos explosivos, pois a mesma quantidade de pólvora provocava diferentes resultados, como se cada rocha fosse dotada de personalidade. Ou talvez o Deus da Montanha, ofendido com a balbúrdia e os estrondos, houvesse decidido perturbar os trabalhos, transformando um explosivo de alta potência num traque, ou dando a este a capacidade de pulverizar um penhasco. A reserva de pólvora chegou ao fim sem que a altura do colosso tivesse diminuído de maneira significativa, embora fosse grande a quantidade de entulho derramada no sumidouro.

Aquela situação desagradava a todos. Os monges budistas estavam desolados e lamentavam as alterações do meio ambiente; os habitantes da cidade, no sopé da montanha, estarrecidos com a avalanche de pedras e terra que mergulhava no lago e impregnava o ar com uma poeira amarelenta; os aldeões de Tsi-Yin amargurados por ver seu paraíso contaminado, submetido a uma forma de loucura até então desconhecia; os monges taoistas apáticos, diante do que lhes parecia inevitável fatalidade.

O Capitão desceu com seus homens para requisitar a pólvora nas cidades vizinhas. Ninguém se negou a entregá-la. O único incidente ocorreu numa aldeia, cujo destacamento era de apenas 50 soldados, comandados por um tenente. Quando o Capitão lhe mostrou o documento, um senhor de aparência tranquila, vestido com trajes civis, arrancou-lhe o papel das mãos. Wen Wenbao ia desembainhar a espada, mas o homem lhe segurou o pulso e o fitou com um olhar severo.

— Sou o Marechal Hong Xin, pai deste jovem tenente que o senhor procura intimidar.

Depois de ler atentamente o documento, o Marechal devolveu-o e sorriu.

— Diga ao cão raivoso, de quem você recebe ordens e que se julga autorizado pelo Imperador a praticar ações abomináveis, graças às quais se tornou odiado num raio de mil *li*, que dentro de alguns dias subirei a montanha com 2 mil homens, para executá-lo, antes que se torne um flagelo incontrolável. E não se preocupe com o que o Imperador pensará a respeito.

A autoridade com que o homem proferiu tais palavras não deixou dúvida de que se tratava realmente de um Marechal, disposto a cumprir o que dissera. O Capitão o saudou e se retirou sem contestar.

— Além de Marechal, deve contar com as graças do Imperador — ponderou o Capitão a Shi Jin. — Talvez seja seu parente.

— Estaremos preparados.

— Você pretende resistir?

— Não apenas resistir... vamos liquidá-lo. Ou você pensa que eu lhe entregarei minha cabeça para ser decepada? Verifique se todas as armadilhas estão em condições. Acrescente-lhes mais pedras, se necessário. Esse Marechal não passa de um enfatuado, um militar burocrata, cuja carreira de deve à proteção do

Imperador. Avisou-nos com antecedência para dar ao filho uma demonstração das artes marciais.

Dois dias depois, uma sentinela avistou os soldados, que subiam a estrada em formação militar, ao som de fanfarras, tendo na vanguarda a Bandeira Imperial. Munido de uma luneta, instrumento utilizado pelos chineses havia muitos séculos, o Capitão avistou o Marechal e seu filho, que vinham à frente, com ar descontraído e garboso, confiantes na vitória sobre um mero destacamento provincial, que não se atreveria a enfrentar um oficial superior, portador da bandeira mais respeitada e temida do Império. Quando chegaram à pedra assinalada com uma grande mancha vermelha, Shi Jin deu o sinal para que as cordas que sustentavam as armadilhas fossem cortadas. O Marechal, o Tenente e grande número de soldados foram esmagados pela avalanche ou morreram com as explosões provocadas em lugares estratégicos. Prevendo que os sobreviventes fugiriam, Shi Jin havia determinado que a maioria de seus soldados se ocultasse no sopé da montanha, o que possibilitou eliminar todos os inimigos. Na verdade, o Marechal comandava pouco mais de 500 homens.

Os ritos fúnebres da Senhora Tang transcorreram de maneira discreta. Além dos familiares e amigos íntimos, estavam presentes Yang Zhi, o Administrador, e os Conselheiros. Mestre Liu, o Abade, e o Cavalheiro Mu não se atreveram a aparecer. Quando Shi Jin entrou na casa, sua mãe estava ao lado do Senhor Tang, pois ela e a falecida eram amigas.

— Senhora Yan, peço-lhe que me perdoe, mas não acho conveniente a presença de seu filho nesta casa — disse o Senhor Tang, sem olhar para o poeta.

— Não vim pelos ritos, e sim para convocá-lo — contestou Shi Jin, com ar arrogante, mas na verdade magoado, pois lamentara a morte da Senhora Tang, a quem se afeiçoara na infância. — Quero vê-lo entre os trabalhadores tão logo terminem os ritos.

— Suas ordens serão obedecidas — respondeu o Senhor Tang.

Houve um murmúrio na sala, quando Shi Jin se retirou, seguido pela Senhora Yan.

— Meu filho, espere! Quero lhe falar por um momento.

— Fui grosseiro, me desculpe, mas a Senhora Tang morreu devido a...

— Um acidente provocado por você.

— Certo. Podemos deixar esta conversa para outro dia?

— Escute! Que ideia foi essa de convocar o Senhor Tang para um trabalho tão pesado e desumano, quando ele ainda nem se recuperou da morte de sua querida esposa?! Um pobre velho, desorientado... Você pretende matá-lo? Onde está sua sensibilidade? Seu sentimento? Eu não o reconheço mais, você se transformou num tirano, num assassino, capaz de eliminar centenas de homens sem qualquer... Quantos foram... 500, 600? E o Marechal?! Você enlouqueceu? Quando o Imperador souber...

— Não restou ninguém para informá-lo. E agora, se me permite...

— Espere. Desista dessa ideia maluca, meu filho. O Imperador já deve ter esquecido, é um homem tão ocupado. Eu irei lhe pedir... Ouvi dizer que ele é bom e generoso.

— A bondade e a generosidade dos poderosos sempre me emocionaram. Vejamos... O Rei Kie, amante do luxo, promovia grandes orgias com as mulheres capturadas durante as expedições militares. Além de aterrorizar as Cem Famílias, assassinou quem se atreveu a criticá-lo, inclusive sua mulher principal. Diz a tradição que o rio Yi secou, houve tremores de terra, as estrelas desabaram e dois sóis apareceram no horizonte. O Rei Cheou-Sin, um tirano lascivo, executou os que o censuravam, matou sua esposa principal e criou o Suplício da Viga Ardente. O Céu, indignado, fez com que surgissem novamente dois sóis, transformou uma mulher em homem e provocou o desabamento da montanha Yao.

— Está aí a solução do seu problema! — ironizou a Senhora Yan.

— Durante o reinado dos Ts'in, dezenas de milhares de cabeças foram cortadas. Ts'in Che Houang-Ti promoveu uma inquirição entre os eruditos que, acovardados, se acusavam mutuamente. Quatrocentos e sessenta foram executados. O túmulo suntuoso do Imperador empregou o trabalho de 700 mil prisioneiros, agraciados previamente com a castração. Todas as suas mulheres que não tinham filhos mereceram a honra de entrar no túmulo com ele. Para sempre. A Imperatriz Lu executou inúmeros senhores feudais. O Imperador Kao-Tsou, seu marido, tinha uma concubina preferida. A Imperatriz ordenou que lhe cortassem as mãos e os pés, queimou-lhe as orelhas e lhe arrancou os olhos. Obrigou-a a beber uma droga que a tornou muda, atirou-a numa fossa cheia de excrementos e depois a chamou de porca humana. Infelizmente, não me sobra tempo e eu encerro esta breve explanação a propósito do quão sensíveis, bondosos e generosos são os imperadores.

— Quando você mencionou Ts'in Che Houang-Ti se esqueceu de dizer que, ao subir a montanha Siang, ele se viu atacado pelas divindades locais, que o fustigaram com uma terrível tempestade, com ventos que o impediam de avançar. Furioso, mandou eliminar a floresta e pintar a montanha de vermelho, como se ela fosse criminosa. A tarefa, absurda e ridícula, ocupou 3 mil prisioneiros. Essa história não lhe soa familiar? Lembre-se do ditado: "Quando a vontade do Céu se manifesta, apenas o tirano deixa de se inclinar diante dela".

— Até agora o Céu permaneceu em silêncio. Não houve tremores de terra, nem dois sóis no horizonte, nenhuma mulher foi transformada em homem. Se o Céu fizesse desabar a montanha, eu lhe agradeceria.

— Há ocasiões em que ele se manifesta de maneira discreta, sem que os arrogantes se apercebam.

Na manhã seguinte, Shi Jin soube que sua mãe deixara a cidade.

— Melhor assim — ponderou Wen Wenbao. — Este lugar está se transformando em morada de mil demônios e não é apropriado para almas gentis.

— Embora ela tenha me incentivado, no início, creio que não suportaria o que vem por aí.

E o que veio chegou mais depressa que o esperado. Cansados de morar em alojamentos, saudosos de suas famílias, os trabalhadores pediram a Wen Wenbao que obtivesse autorização para a construção de casas. Embora rejeitasse a ideia de início, por achar aquilo uma perda de tempo, Shi Jin acabou concordando, pois o Capitão o convenceu de que seria impossível manter os homens em alojamentos durante anos. A presença das famílias os estimularia e evitaria os conflitos que ocorriam constantemente.

Shi Jin determinou que as casas fossem erguidas na propriedade do Senhor Chai, uma vasta pradaria que servia de pasto aos bois por ele criados. Em vez de pastar livremente no campo, os animais seriam confinados. O Senhor Chai não se atreveu a protestar e uma centena de homens deu início às construções. Ampliaram a oficina e começaram a derrubar árvores na Montanha da Sutil Visão dos Cegos. Os monges taoistas murmuraram seu descontentamento, mas não conseguiram evitar a nova devastação.

Wen Wenbao não tardou a perceber que a insanidade, presente já na demolição da montanha, contaminara também a construção das casas. As obras avançavam lentamente e para acelerá-las se tornava necessário descer à planície e trazer mais trabalhadores. Como consequência, teriam que aumentar o número de casas e o consumo de comida. Os bois do Senhor Chai e os carneiros do Cavalheiro Mu desapareciam rapidamente em milhares de goelas insaciáveis, o que acabaria por demandar a busca de animais nas redondezas. Tudo isso sem custo algum, felizmente. A prata deixada pelo Imperador continuava quase que intacta, pois Shi Jin se valia do terror para obter trabalho em troca de alojamento e alimentação, a qual também era expropriada sem indenização.

— Como vai a construção das casas? — quis saber Shi Jin.

— Lenta. Uma ideia absurda. Jamais serão suficientes. Acrescentaremos divisórias aos alojamentos e lá instalaremos as famílias.

— Construa novos alojamentos. Vamos precisar de mais trabalhadores, milhares deles, para quebrar a resistência da montanha. Quero tudo pronto quando chegar o inverno.

Essa e muitas outras determinações foram cumpridas, para compor um quadro de ruína e desolação. O ruído ensurdecedor do vozerio e das ferramentas, a movimentação de homens e animais e a degradação do meio ambiente haviam transformado a aldeia num caos insuportável. Uma pedra enorme rolou a ribanceira e caiu sobre o mosteiro budista. Alguns dias depois, Shi Jin recebeu uma carta do Abade:

"Ontem, uma pedra, enviada por seu descaso para com o sagrado, arrancou a cabeça da estátua de Buda e arrastou o portão e uma parte do muro para o abismo. Felizmente, não atingiu nenhum monge. Esse episódio me fez lembrar a história do monge que, numa noite de inverno, por não ter madeira com que se aquecer e estando a morrer de frio, colocou uma imagem de Buda no fogão e a queimou. Despida de seu simbolismo, a imagem era apenas um bloco de madeira. Ou, se você preferir manter o simbolismo, concluirá que Buda salvou a vida do monge. Meu apego à estátua danificada pela pedra deixou de existir. Se você a fizer rolar a ribanceira, nem Buda nem eu ficaremos ofendidos. Agora, ela é apenas um bloco de granito.

"Escrevo-lhe para comunicar que vamos abandonar o mosteiro, pois o estado de permanente desordem já afetou nossa humilde comunidade. Antes de partir, quero deixar algumas palavras, não ao tirano que fala e age em nome do Imperador, mas ao jovem poeta. Embora eu seja um monge budista, não desconheço o caminho do Tao. Dentre os inúmeros ensinamentos de Chuang Tzu, tomo a liberdade de lhe citar apenas este: 'A grande sabedoria vê o todo como unidade. A pequena sabedoria atenta às inúmeras partes'. Você julga estar removendo e incendiando árvores, demolindo um amontoado de pedras e terra sem vida, desalojando e matando animais silvestres sem valor nem utilidade. Desconhece a unidade e a interdependência de todos os componentes deste nosso mundo, no qual você também está incluído. Quando tiver removido a montanha, sentirá que lhe falta algo além do que se possa apreender com os sentidos, pois o Tao é sutil. Você é o ladrão ingênuo que, em noite escura, sem ter uma vela que lhe ilumine o caminho, entra por engano em sua própria casa e rouba a si mesmo.

"Pode incluir o templo e o mosteiro em sua demolição, pois já não há necessidade de preservá-los no cocuruto de uma torre, o que, aliás, seria ridículo. Quando esta carta chegar às suas mãos, já teremos partido, o que me poupará o aborrecimento de ouvir sua arenga de Mandatário Imperial".

Shi Jin não se deixou abalar, pois admitia ser merecedor de todas as críticas. O mesmo, contudo, não ocorreu alguns dias mais tarde, quando o Capitão lhe comunicou que a Senhora Yan, sua mãe, estava morta. Sem recursos para se manter e desgostosa com sua triste sina, havia se enforcado numa aldeia distante, onde fora enterrada como indigente. Shi Jin mandou erguer um altar, mas não compareceu aos ritos fúnebres, talvez por se sentir envergonhado. Trancou-se em seu quarto e chorou, lamentando não ter ido ao encalço da mãe logo após sua partida.

Findo o primeiro ano, o destino da pequena Tsi-Yin já estava selado. O que viria depois seria mera repetição. A sutileza do Tao, lembrada pelo Abade e pela Senhora Yan, pairava como uma névoa sobre a aldeia. A passagem do tempo já não contava, como se a premência e a intensidade dos acontecimentos tivessem abolido as horas, os dias, os anos, e tudo se concentrasse no instante em que as pesadas marretas golpeavam a pedra e a chama corria ao longo dos estopins, fazendo explodir a pólvora. As demais ocorrências pertenciam a um mundo paralelo, cuja existência apenas roçava o interesse de Shi Jin. Quando ocorria uma rebelião, ou suas ordens eram ignoradas, seguiam-se automaticamente as punições, a tortura, o exílio, as execuções sumárias, em um moto-contínuo cujo motor era o documento Imperial. Na mente de Shi Jin, antes livre e criativa, da qual os poemas fluíam sem esforço, restara apenas a obsessão com que encarava a montanha. Às vezes, falava sozinho, ou conversava com as pedras, admoestando-as por resistirem às ordens do Imperador. Se o Capitão lhe apresentava um novo problema, limitava-se a gesticular, o que equivalia a responder que resolvesse por si mesmo as dificuldades. Um dia lhe comunicaram que os monges taoistas estavam fugindo, por ter a água se tornando escassa, em decorrência do desmatamento. Ele se limitou a sorrir, embora, no documento Imperial, constasse a proibição de fuga, punida com a morte.

Quando o número de trabalhadores chegou a 10 mil, a montanha começou a ceder. Shi Jin parecia um pouco mais confiante. O Capitão lhe perguntou se devia descer à planície, para convocar mais trabalhadores e algumas centenas de soldados, já que os acantonados na aldeia seriam insuficientes para debelar outra eventual rebelião, e Shi Jin apenas assentiu com um olhar.

Alguns meses antes de terminar o prazo, a montanha havia sido derrotada. Desimpedido de todo entulho, o platô se estendia até a margem da vertente que olhava para os golfos. Uma vista deslumbrante, que certamente encantaria o Imperador e sua família. Shi Jin pareceu despertar do torpor que o dominara após a morte da mãe. Envelhecera prematuramente, tinha os cabelos e a barba grisalhos e seus olhos haviam perdido o brilho e o encanto. O excesso de trabalho e sua reputação como tirano afastaram as prováveis interessadas em se casar com ele, proibidas pelas famílias de lhe dirigir a palavra. Assim, mortos os pais e sem parentela conhecida, Shi Jin estava absolutamente só neste mundo. Mas seu orgulho permanecia intocado. O Imperador teria que admitir a derrota e, ainda que não o fizesse expressamente, saberia que aquele poeta, aquele ser insignificante, não se dobrara e acabara por vencer a maldita montanha.

A tarefa, contudo, ainda não fora de todo concluída. Faltava a casa de chá. Shi Jin escolheu os melhores carpinteiros e lhes mostrou os desenhos, preparados anos antes, com todos os detalhes. Além do salão principal, onde o Imperador poderia receber alguns cortesãos, havia um recanto reservado à Família Imperial, de onde se avistavam os golfos, com toda sua exuberante beleza. Como último requinte, ele desenhara alguns dormitórios, para o caso de o Imperador decidir permanecer no local. O edifício seria cercado por um jardim, no qual o Filho do Céu poderia admirar os mais raros e belos espécimes da região.

Pouco depois de começar a construção, Shi Jin pediu a Wen Wenbao que fosse à Capital, requerer o pagamento acumulado, junto ao Tesouro. Após se submeter durante cinco anos a trabalhos forçados, os homens mereciam receber uma remuneração.

O Capitão partiu com um número reduzido de homens, deixando os restantes sob o comando de um tenente de sua confiança.

A construção da casa de chá seguiu o mesmo ritmo alucinante, e quando Wen Wenbao retornou Shi Jin o aguardava no salão principal, com a obra concluída.

— Conseguiu receber toda a prata? — indagou Shi Jin, ansioso. — Espero que o Imperador tenha mantido a palavra. Qual foi sua reação ao saber que vencemos o desafio? Ficou satisfeito, decepcionado, confirmou sua vinda com a família? E a paisagem? Você lhe falou da paisagem? E então?!

— O que eu quero lhe dizer, meu amigo... não sei se posso tratá-lo assim...

— Claro que pode, depois de tantos anos... Espere! Eu já sabia... Ele o recebeu friamente, fingiu nem se lembrar da maldita montanha; muito simples, se não há memória não há compromisso, a prata continuará a dormir nos cofres, afinal quem sou eu para contestar o Imperador?

— Não há Imperador.

— Como não há Imperador?! Você chegou e ele não se encontrava na Capital, saiu novamente em perseguição de bandidos, decidiu visitar uma tia...? Você devia ter esperado, não se pode desistir assim, tão facilmente...

— Já não existe a Dinastia Song, Shi Jin. Os exércitos dos Jürchen atacaram K'ai-Fêng.

— A Capital do Norte... atacada?!

— Sim. Os cavaleiros Jürchen conquistaram o Yangzi, cavalgaram até o Norte do Zhejian, para capturar os membros da Família Imperial que haviam fugido. O Imperador Hui-Tsung, o príncipe herdeiro e cerca de 3 mil familiares foram aprisionados na região de Harbin. Ninguém sabe deles, a esta altura já devem ter sido executados. Na verdade, quando os Jürchen invadiram K'ai-Fêng, o Imperador já havia abdicado, e seu filho, Ch'ing-Tsung, assumira o trono.

Uma gargalhada ecoou no salão. Shi Jin ficou surpreso ao notar que ele próprio ria, enquanto seu coração saltava qual macaco ensandecido. Tinha vontade de chorar, gritar, jogar-se naquele precipício, mas continuou a rir, com as lágrimas a lhe brotarem dos olhos, agora novamente vívidos, como se pertencessem a um louco. O riso era de tal maneira perturbador que o Capitão chegou a pensar que Shi Jin de fato perdera o juízo.

— Não sei se você deu conta da gravidade da situação, além do absurdo em que se transformou tudo isto — disse Wen Wenbao, quando Shi Jin finalmente se acalmou. — O documento Imperial perdeu seu valor e você...

— Eu fui reduzido à mais absoluta insignificância.

— Em breve estaremos entregues à fúria dos que submetemos pelo terror. A notícia não tardará a chegar aqui. Você não parece muito preocupado...

— Há uma ideia me incomodando. Não sei se você conhece o texto de Chuang Tzu, cujo título é "O barco vazio".

— Não me recordo.

— Se um homem estiver atravessando um rio e um barco vazio se chocar com o dele, mesmo que se trate de uma pessoa irritada, não sentirá nenhuma raiva. Mas se houver um homem no outro barco, o primeiro começará a gritar, a dizer "reme direito". Se o outro não escutar, o homem gritará ainda mais e xingará. Lutamos cinco anos contra a montanha, julgamos ter derrotado o Imperador e ele nos surpreende com um barco vazio, ou melhor, ele próprio é o barco vazio. Você me entende?! Caímos no abismo do vazio!

— Sim. Mas há um outro barco descendo o rio, com milhares de homens furiosos. Não podemos perder tempo com lamentações.

— Você não trouxe prata alguma, por certo.

— Não me atrevi a entrar no prédio do Tesouro.

— E sua família?! Onde ela está? Como foi possível eu não lhe ter perguntado jamais por sua mulher, seus filhos?

— Pedi a um tenente que os trouxesse logo que o Imperador se foi. Vivem lá embaixo, numa aldeia da planície. Eu os visito de tempos em tempos.

— Pegue toda a prata que restou e fuja, hoje à noite, com eles, para bem longe.

— Esse dinheiro não me pertence.

— Não seja idiota. É bem provável que os Jürchen decidam executar oficiais fiéis aos Song. Você não pretende ir lá, com sua honestidade, e entregar a prata aos bandidos que nos invadiram. Pegue a prata, caia fora e abandone a vida militar. Faça de contas que eu ainda falo em nome do Imperador. É uma ordem!

— E você?

— Fugirei com vocês e sumirei no mundo.

— Divideremos a prata.

— Não quero pôr a mão naquele maldito dinheiro. Agora, saia... Vou admirar a paisagem por um momento. Nos encontraremos no fim da terceira guarda, quando todos estiverem dormindo.

— Não seria mais justo dividir a prata com os trabalhadores?

— Vinte mil pessoas?! Cada família compraria uma galinha. Não se preocupe, eles cuidarão de si mesmos. Livres do terror, terão redobrada sua energia.

Indeciso quanto ao rumo a tomar, Wen Wenbao saiu, deixando o amigo entregue a seus pensamentos. Shi Jin percorreu, pela última vez, o interior da casa de chá, admirando cada detalhe, a harmonia das formas, a perfeição do conjunto, e se perguntou como fora capaz de desenhar algo tão próximo à sutileza do Tao, mencionada por sua mãe e pelo querido Mestre Wang. Parou diante do pórtico e, com um sorriso amargo, sacou do punhal que sempre trazia a cintura e com ele gravou alguns ideogramas na madeira. Depois caminhou até o lugar reservado ao Imperador, sentou-se e fitou o horizonte. Deixou-se ficar ali, admirando o pôr do sol, cuja imagem era distorcida pelo correr das lágrimas. Riu e chorou demoradamente, até que o Sol desapareceu no horizonte e ele adormeceu.

A Lua já brilhava no céu havia muito tempo quando o Capitão acordou. A paisagem noturna era ainda mais impressionante, com centenas de casas e barcos tenuemente iluminados e os golfos a luzir sob o luar.

— Temos que partir — sussurrou o capitão. — Alguns soldados nos acompanharão.

— Vou pegar um pouco de dinheiro que recebi quando meu pai morreu.

— Não quer mesmo alguma prata?

— Dê minha parte aos soldados, se isso aliviar sua consciência.

O mais difícil foi levar os cavalos, em silêncio, até a estrada. Shi Jin acompanhou o Capitão durante algum tempo e depois sumiu em meio às sombras do arvoredo. Cavalgou até o amanhecer, dormiu numa pequena estalagem, à beira da estrada, comeu e continuou a fugir, sempre à noite. Chegou à Capital e decidiu permanecer ali, certo de que ninguém o reconheceria.

Os trabalhadores ficaram à sua espera, na aldeia, até concluir que ele e o Capitão haviam desaparecido, o que não fazia sentido, pois finalmente a montanha já não existia e tudo estava preparado para receber o Imperador. Havia se passado quase um mês, quando um mercador trouxe a notícia da invasão do Império. Perplexos, todos se deram conta de que Shi Jin e Wen Wenbao haviam fugido, talvez com medo de serem mortos. Embora a maioria não rejeitasse a ideia de ver Shi Jin decapitado, alguns, especialmente os que o conheciam desde o nascimento e nutriam respeito por seus pais, se apiedavam dele, atribuindo a destruição do pequeno paraíso aos desígnios do Céu. Havia até quem, em segredo, o admirasse, por ter peitado o Imperador e, apesar de todas as dificuldades, removido a montanha. No primeiro momento, pensaram em reorganizar a vila e restaurar o meio ambiente, mas logo concluíram que a tarefa superava suas forças. A floresta estava devastada; a água, quase extinta; o alimento, escasso. Já não podiam contar com o auxílio do governo central e nem mesmo conheciam as intenções dos invasores. Os trabalhadores e as famílias trazidos de fora voltaram logo aos lugares de origem. Os demais resistiram por algum tempo e, finalmente, abandonaram a vila.

Anos depois, Shi Jin ainda perambulava pelas ruas da Capital. Estava descalço, com as roupas em frangalhos, o olhar vazio, os cabelos e a barba crescidos e sujos. Levava sempre com ele uma sacola de pano, apertada junto ao peito. Gesticulava e falava sozinho. A alguns dizia ser poeta, a outros se apresentava como Imperador ou, mais raramente, olhando para os lados, com receio, como o Homem que Removeu a Montanha. Vivia de esmolas e sobras de comida. Um dia, amanheceu morto.

Atraído pelo grupo de curiosos que se juntou ao redor do cadáver, um homem se aproximou e viu que o infeliz estava agarrado a uma sacola. Conseguiu retirá-la com certa dificuldade, e depois de mostrar aos presentes que continha somente papéis, se dispôs a levá-la à prefeitura. O funcionário não se interessou pelos papéis e disse ao homem que podia ficar com eles. O desconhecido era um erudito que, no governo anterior, exercera a função de mandarim numa cidade distante. Examinou os papéis, viu que se tratava de poemas, leu-os e gostou deles. Shi Jin ia ser enterrado como indigente, mas o homem pediu às autoridades que lhe permitissem pagar pelos ritos fúnebres e pelo enterro, incluída no custo uma boa propina. O corpo foi liberado e Shi Jin pôde repousar num lugar condigno.

Passados alguns dias, o homem releu os poemas e decidiu mandar imprimir uns poucos volumes, para dar aos amigos.

O livro teria agradado a Shi Jin. Impresso em folhas de seda, guarnecidas com uma capa de bambu, tinha como título *Pegadas em campo de neve*, encimado pelo nome do autor. Os amigos do ex-mandarim também gostaram dos poemas e se cotizaram para publicar uma edição maior. Assim, o nome do poeta perdurou por algumas décadas. Um exemplar ainda se encontrava no Museu Britânico de Macau, no início do século XIX, não por seu inegável valor literário, mas por figurar entre os pertences de um famoso general chinês. O livro sumiu logo após a extinção do museu.

A fama do Homem que Removeu a Montanha durou até o século XV, chegando a fazer parte do folclore de uma região bem distante da extinta Tsi-Yin, na qual por desconhecerem o nome do poeta, jamais o ligaram ao memorável acontecimento.

Muitas décadas após o abandono da aldeia, um descendente de Yang Zhi, o Administrador, foi levado pela curiosidade à terra de seus ancestrais. Desprovido de água e de vegetação, o solo se tornara ressequido, quase desértico. As construções estavam em ruínas, o que restara de aproveitável fora levado pelos habitantes pobres das redondezas, à procura de materiais de construção. Mas o que mais impressionou o visitante foi o silêncio, a ausência de animais silvestres, o céu vazio de aves, uma desolação absoluta, como se aquelas montanhas, a contrastar com a exuberante beleza do entorno, estivessem submetidas a um encantamento, a uma inelutável maldição.

Depois de percorrer os destroços, o jovem caminhou até a casa de chá, incendiada, segundo Yang Zhi, por um trabalhador mais exaltado. Restavam poucas madeiras, queimadas, mas o visitante distinguiu uma inscrição, gravada numa viga de pórtico: "Nesta aldeia viveu o poeta Shi Jin, que, por não saber escolher as palavras, foi por elas destruído".

Este livro foi composto com a tipologia
Chaparral e impresso em papel
Pólen Bold 90g/m² em 2021.